내 안의 정원

The bird fights its way out of the egg. The
egg is the world. Who would be born must
first destroy a world. The bird flies to God.
That God`s name is Abraxas.

– Demian by Herman Hesse

내 안의 정원

 보인중학교 학생 시집

1판 1쇄 발행 2022년 12월 27일

엮은이 김현열
저자 보인중학교 학생 시인들

교정 주현강 **편집** 김다인
마케팅 박가영 **총괄** 신선미

펴낸곳 (주)하움출판사 **펴낸이** 문현광

이메일 haum1000@naver.com **홈페이지** haum.kr
블로그 blog.naver.com/haum1000 **인스타그램** @haum1007

ISBN 979-11-6440-273-1(43810)
<시집의 판매를 통한 인세는 봉사단체에 전액 기부됩니다.>

좋은 책을 만들겠습니다.
하움출판사는 독자 여러분의 의견에 항상 귀 기울이고 있습니다.

내 안의 정원

2022 보인중학교 학생 시집

· **김현열** 엮음 ·

학생 시집을 출간하며

　이 책은 보인중학교 2학년 학생들이 국어 수업 시간에 쓴 시와 짧은 감상을 묶어 낸 것입니다. 남자 중학생들이 얼마나 시를 쓰겠어, 별다른 기대 없이 받아 본 시들은 놀라움의 연속이었습니다. 반 전체를 두고 보면 시끄럽게 떠들기만 하고 책상에 엎드려 자고 도통 무슨 생각을 하는지 알 수 없는 아이들이 써낸 글에는 그 나이대의 풋풋함뿐만 아니라 어른과 같은 어쩌면 어른들보다 나은 생각과 마음들이 담겨 있었습니다.

　교단에 서서 시를 하나씩 넘겨 보다가 나도 모르게 아이들에게 약속을 했습니다. "혼자 보기에는 너무 아깝고 한 번만 보기에도 너무 아깝다. 다른 사람에게도 보여 주고 자랑하자. 어떻게 할까? 출판을 해 보면 어떨까? 서점에서 여러분이 쓴 시를 사람들이 돈을 주고 사서 읽는 모습을 상상해 보렴. 멋지지 않니? 출판을 하고 책을 팔면 인세라는 것이 생긴다. 얼마 되지는 않겠지만 수익을 봉사 단체에 전액 기부하는 건 어떨까?" 신나서 말이 랩처럼 쏟아져 나왔습니다.

　"제가 쓴 시도 시집에 실리나요?" 한 학생이 손을 번쩍 들고 물었습니다. "출판을 하려면 미안하지만 모든 학생의 시를 수록할 수는 없고 선생님이 선별을 해야 할 것 같다. 사람의 재능은 사람마다 달라서 국어에서도 어떤 사람은 쓰기에 재능이 있고 어떤 사람은 읽고 이해하기에 재능이 있다. 선생님이 선별한 친구들의 시에 감상평을 달아 보자. 잘 쓴 감상평은 시와 함께 출판해 보자. 감상평이라는 것이 어렵지 않다. 여러분이 배민이나 요기요 같은 배달 앱을 사용한 뒤에 음식이 맛있다. 또 주문할게요, 맵다, 늦게 배달이 왔다 등 리뷰를 남기는 것처럼 친구의 시를 읽고 리뷰를 달아 보자. 단 어떠한 점에서 그렇게 생각하는지 구체적으로. 이걸 수행평가로 하면 재미있겠다, 어떠니?" (시의 감상평을 쓰는 것이 수행평가는 아니었습니다. 학생들의 참여를 끌어내기 위해 거짓말을 한 점에 대해 이 자리에서 사과합니다.)

이 책에서는 학생들의 시를 해피박스처럼 랜덤하게 수록했습니다. 어떻게 살아갈 것인가에 대한 고민, 다른 사람과의 관계에 대한 걱정, 미래에 대한 불안과 다짐, 삶과 죽음에 대한 성찰, 학교생활 이야기, 기성세대에 대한 서운함, 교육과 사회에 대한 비판적인 시선, 가족에 대한 사랑과 친구와의 우정, 나를 실현하고 싶은 욕망, 나의 마음과 인간 본성에 대한 탐구, 짝사랑 등 다양한 주제의 시와 해당 감상평을 하나씩 읽어나가면 현재 대한민국에서 중학교에 다니는 우리 아이들을 이해하는 데 큰 도움이 될 것이라고 확신합니다.

아이들의 소중한 시를 책에 담을 기회를 주신 것에 감사드립니다.

2022년 12월

보인중학교 교사 김현열

목차

내 안의 정원

2학년 김연우

사람들의 마음은 복잡한 미로 같다. 모두가 복잡한 미로 속을 헤매며 살아간다. 내 마음속의 미로를 내가 다 알고 있지는 않지만, 내가 자주 돌아다녀서 잘 아는 길이 있다. 어렵게 어렵게 그 길을 찾아가면 아주 많은 계단이 있다. 그 계단을 또 오르면, 작은 문이 하나 나온다. 그 문을 열고 들어가면 작은 정원이 나를 반긴다. 정원은 아주 조용하고 편안하다. 지친 나를 위로해 주기도 하는, 희망에 찬 나를 응원해 주기도 하는 그곳. 사실 나는 한 번도 그곳에 가 본 적이 없다. 하지만 그 정원은 내가 수없이 가 본 듯한 착각을 하게 한다. 나처럼 모두의 마음속에 이런 장소가 한 곳쯤은 있겠지.

2706 김○○

나에게도 이러한 정원이 있겠지. 수년째 찾아 헤매고 있지만 찾기가 너무 어렵다. 길을 잘못 들면 차디찬 공허한 벽이 나를 맞이한다. 이 크지 않지만 소박하고 따뜻한 정원을 찾아가는 일이 인생인 것 같다.

2702 김○○

이 시에서 '작은 정원', 즉 지친 나를 위로해 주는 곳을 나는 아직 찾지 못한 것 같다. 그 이유는 내가 아직 내 마음의 미로를 잘 모르는 것 같다. 하지만 이 시를 읽고 내 마음의 미로를 한 번 더 둘러보게 되었다. 시인처럼 정원을 찾지는 못했지만 나에 대해 조금은 더 알게 된 것 같다. 만약 나처럼 '작은 정원'을 찾지 못한 사람은 이 시를 읽고 자신만의 쉴 곳을 찾아보면 좋겠다.

2804 김○○

천천히 눈을 감고 아무 생각을 하지 않으면 나의 마음에도 '작은 공원'이 나온다. 정말 화창하고 나비와 풀이 많아서 거기에 들어가면 행복해지기도 한다. 나는 이 시를 정말 이해한다.

2316 오○○

나도 내 마음속 정원을 찾아보게 되었다. 시를 읽고 나니 마음이 편안해지는 기분이다.

2305 김○○

뭔가 처음 보는 장르의 시. 이 글을 읽으면 아주 조용하고 편안한 정원이 떠오르면서 마음에 안정감이 든다. '계단을 오르면 작은 문이 있고'라는 부분에서 '또 어디로 갈까?'라는 궁금증이 생기고 상상하게 만든다.

가면

여기 한 사람이 있습니다
그는 가면을 아주 좋아합니다
그때 친하지 않은 친구가 한 명 다가옵니다
그는 순간 가면을 씁니다
그런데 그 가면과 그 속에 얼굴은 정반대입니다

그는 계속 가면을 씁니다
오늘만 벌써 몇 번이나 가면을 바꾼 걸까요?
웃는 가면, 슬픈 가면, 공감하는 가면 등 여러 가지가 있습니다
그는 오늘도 알찬 하루를 보내고 가면을 벗습니다
놀랍게도 그의 눈과 코와 입이 사라져 가고 있습니다
그러나 그는 아무 일도 아닌 것처럼 쿨쿨 잠을 잡니다
그는 이제 꼭두각시 인형이 되어 갑니다.

2807 서○○

나도 그렇고 다른 사람도 그렇고 다른 사람에게 자신의 감정을 들키지 않기 위해서 다른 감정을 드러낸다. 친구가 한 말이 나에겐 재미없어도 친구를 위해 재미있다, 하며 웃는다. 또 사회생활에서 정말 싫은 사람이 자신보다 높은 위치에 있으면 싫어도 웃는다.

2604 김○○

나는 예전에 다른 사람들과 만날 때 나의 감정을 숨기고 다른 사람에게만 맞추어 주었다. 그러자 점점 사람 만나기가 귀찮아지고 피곤해졌다. 이 시를 보니 예전 나의 모습과 비슷한 것 같다.

2718 이○○

사회에서 생활하기 위해서는 누구나 가면이 필요하다. 직장 상사를 만날 때나 친구를 만날 때도 말이다. 하지만 가면이 필요없는 경우도 있다. 그것은 진실된 사랑이나 우정이다.

2121 정○○

타인과의 관계에서 필연적으로 할 수 밖에 없는 억지로 짓는 감정을 가면에 비유한 점이 좋았다. 결국 자신의 감정이 아닌 다른 사람이 원하는 감정만 짓게 되는 꼭두각시 인형이 된다는 의도가 인상적이다. 그러나 이 시의 단점은 억지 감정을 나쁘게만 본다는 것이다. 억지 감정이 나쁠 수는 있지만, 때로는 타인과의 관계를 위해 억지 감정을 지으면 그 사람과 더 친해질 수 있다고 생각한다.

2209 안○○

사람들은 항상 가면을 쓰고 살아간다. 심지어 가족들에게도 가면을 보여준다. '나'라고 생각했던 모습도 가면일지 모른다. 원래의 '나'는 사실 존재하지 않았던 것은 아닐까?

영원한 상처

3학년 백진호

한마디를 툭 던져
나에게 상처를 입히게 됐다

화해는 하였지만 상처는 종이처럼
한번 구겨진 것은 완벽하게 펴지지 않는 것처럼

나의 상처도 완벽하게 안 나아져
영원한 상처가 되어
내 가슴속에 살고 있다.

2817 임○○

엄마하고 싸우면서 내가 던진 한마디는 불이 되어 엄마를 힘들게 할 뿐인데도 왜 아직도 그 한마디를 회수 못 하는지 모르겠다.

2805 김○○

어렸을 때 친구들이 나에게 무심코 던졌던 말이 나에게 오랫동안 상처로 남았던 기억이 생각났다. 마지막 연에서 내가 생각나서 조금 슬퍼졌다.

2620 최○○

말은 날이 제대로 선 투명한 유리 검인 것 같다. 남에게 상처를 쉽게 내고 쉽게 깨진다.

2608 남○○

남에게 말을 할 경우 항상 조심하고 특히 욕설이나 비난하는 말은 사용하지 말아야 한다.

2715 유○○

친구와 싸우고 나면 화해를 한다. 하지만 화해를 하고 나면 싸우기 전과 같은 눈으로 친구를 볼 수 없다. 전보다 어색해지게 된다. 그리고 피하게 된다.

낙화

2학년 차승준

어둡고 칙칙한 교실 안에
콩깍지 속의 콩들처럼
다닥다닥 붙어 앉은 학생들이
시험을 본다.

채점이 시작되자 학생들의 시험지엔 비가 내리기 시작한다.
장마 속 운동장처럼

학교가 끝나자 학생들은 어두운 얼굴로 나오기 시작했다.
한밤 속의 어둠처럼

그리고 그들은 사교육 속으로 스며든다.
떨어진 빗방울처럼

이것은 그들의 일상이다.
절대 끝나지 않을 것 같은

그들 중 많은 이는 떨어지게 된다.
장마 속 낙화처럼.

2709 방○○

이 시에서 말하는 이야기들이 나의 이야기와 너무 똑같아서 공감이 간다. 특히 '떨어진 빗방울처럼'과 '장마 속 낙화처럼'은 내 마음에 깊이 와 닿았다. 이번 2학기 때 특히 시험지에 빨간 비가 내렸다.

2722 정○○

특히 비유법이 인상적이다. '학교가 끝나자 학생들은 어두운 얼굴로 나오기 시작했다. 한밤 속의 어둠처럼'은 학교 수업에 지쳐 하교하는 나의 모습과 너무나 닮았다.

2719 이○○

대부분 아이들은 학교에 갔다가 학원에 간다. 학교랑 학원은 감옥같다. 왜냐하면 아이들을 가둬 놓고 몇 시간씩 공부를 시키기 때문이다.

2705 김○○

다닥다닥 붙어 있는 학생들을 콩깍지 속의 콩으로 표현한 것이 신박했고, 시험지에 비가 내린다고 표현한 것이 공감가고 재미있었다. 마지막에 사교육을 비판하고 한탄하는 것이 느껴졌다.

2702 김○○

이 시는 우리 학생들이 많이 공감할 수밖에 없는 내용이다. 나 또한 시를 읽고 벌써 기말고사 생각에 머리가 아파 오고 학교 끝나고 과외 갈 생각에 얼굴이 어두워지고 있다. 이 시는 모든 학생이 평소 갖고 있는 생각과 감정을 적절한 비유로 잘 표현하고 있다.

2822 최○○

장마 속에서 버티는 잎은 살고 떨어지는 잎은 죽는 것처럼 장마와 같은 대한민국의 교육 방식을 차갑게 풍자한 시.

길치

2학년 홍지후

분명 여기는 아는 길인데
어디로 가야 할지 모르겠다.
내 인생에서 나는 길치이다.

분명 내 꿈은 나의 것인데
내 꿈이 뭔지 모르겠다.
내 꿈에서 나는 길치이다.

2614 오○○

많은 사람들이 꿈을 길로 표현하는데, 어쩌면 식상했을 글을 '길치'라는 표현으로 참신성과 공감성, 두 마리 토끼를 모두 잡아냈다.

2211 여○○

이 시는 현재 내가 겪고 있는 이야기이다. 나도 나 자신이 가야 할 길을 모르겠고 나의 길을 얼른 찾아서 앞으로 나가고 싶기 때문에 공감이 많이 되는 것 같다.

2201 강○○

나도 내 인생에 길을 몰랐다. 하지만 다른 애들은 준비한 것 같아 두려웠다. 하지만 나처럼 길치인 사람도 있다는 것에 대해 극도로 공감되었다.

2208 송○○

꿈을 찾아야 할 시기에 무엇을 해야 할지 모르겠고, 앞이 깜깜한 것을 어디로 가야할지 모르는 길치에 비유한 점이 놀라웠다. 청소년기에 누구나 할 법한 생각을 참신하고 솔직하게 표현하고 있다.

2520 임○○

인생을 15년 살면서 많은 것을 알아버렸고 이제 세상의 모든 것을 알게 된 것 같다. 그럼에도 나는 길치이다. 분명 아는 길이라도 어디가 맞는 길인지 모르겠다. 나는 생각보다 많이 어린 것 같기도 하다.

2514 박○○

'인생'에서 가장 힘든 것은 어디로 가야할지 모른다는 점이다. 나도 이것이 두렵다. 모든 것이 막막하기만 하다.

2219 장○○

나도 인생을 살다가 가끔 내가 가고 있는 이 길이 맞는지 내 미래는 어떻게 될지 생각하곤 합니다. 분명 길을 가고 있긴 한데 어디로 가야 할지 모르겠다는 마음이 나와 비슷해서 와 닿았습니다. 한편으로는 자신의 길을 찾으려고 하는 모습이 참 대단하다고 느꼈습니다. 나 자신을 되돌아보게 만드는 괜찮은 시입니다.

사는 게 뭔지

2학년 남윤탁

그는 떠납니다.
지나가는 세월처럼
그는 떠납니다.
그는 자기의 목적지를 향해
빠르게 이동합니다.
그는 늘 바쁩니다.
나를 봐 줄 시간도 없이
빠르게 지나갑니다.
그는 사람이 아닌 오늘 하루였습니다.
오늘은 참 빨리 지나갑니다.
마치 목적지를 향해
앞만 보고 뛰어가는 것처럼
날 버리고 빠르게 지나갑니다.

2208 송○○

바쁘게 살아가느라 정작 자신을 깊숙이 볼 시간은 없다는 내용을 잘 표현하고 있다. 이 시를 읽고 열심히 살아가다가도 나 자신을 한 번쯤은 돌아보는 것이 중요하다는 교훈을 얻게 되었다.

2219 장○○

수많은 나날들이 내가 미처 생각하기도 전에 가버리는 것을 나도 가끔 느끼곤 합니다. 그런 날들을 기억하고 글을 쓴다는 게 참 대단한 것 같습니다.

2515 양○○

이 시는 무언가 무거워 보인다. 마음을 좀 편하게 하고 짐을 좀 덜어내고 행복한 길로 방향을 바꿔 보는 게 좋을 것 같다.

2517 윤○○

'오늘'을 '그'에 비유한 표현이 매우 참신하다. 현대인들의 바쁜 삶을 잘 나타내고 있다. 삶으로 시를 적는 내 친구 '남윤탁'은 좋은 시인이 될지도 모르겠습니다.

2801 강○○

첫 문장을 읽어 보았을 때는 '그'가 사람인 줄 알았습니다. 자신을 떠나고 바라봐 주지 않는 사람. 이별을 다룬 시라고 생각했는데 '그'가 '오늘 하루'였다는 게 너무나 마음에 와 닿습니다. 시간은 그렇습니다.

밤

2학년 박주찬

나는 밤인 것 같다.
겉은 뾰족뾰족한 가시투성이
속은 달콤한
그런 밤인 것 같다.

밤이 익어 벌어지기까지
그러한 시간을 지나면
맛있게 열리는 밤

그러니 부디
가족들아, 친구들아,
이러한 나를
이해하려고 노력해 줘.

2218 이○○

나도 낯을 가리고 가끔 표현이 서툴러서 남에게 상처를 줄 때가 있다. 자신의 마음이 열릴 때까지 기다려 달라는 말을 밤이 익는 시간에 비유한 게 인상 깊었다.

2206 서○○

중학교에 오면서 나 또한 사춘기가 왔다. 사춘기가 오니 겉은 부정적, 가시투성이가 됐다. 하지만 내면은 다정함으로 가득하다.

2516 윤○○

자신의 진짜 모습을 보지 못한 주변 사람들에게 자신이 찐모습으로 가는 과정에 있는 것을 이해하고 지켜봐달라는 뜻 같다.

2808 송○○

나도 항상 친하지 않은 사람과는 어색해서 말도 잘못하고 친해져야 그 사람과 친하게 지내는데 그래서 이 시가 공감이 된다.

2807 서○○

예전에 나는 그 사람과 친해지고 싶은데 그 사람 눈에는 내가 안 좋아 보이고 밤의 가시처럼 다가가면 아플 것처럼 보인 적이 있었다.

눈

2학년 이준성

나는 눈을 늘 바라본다
그러나 다가가면 눈에 흙이 묻을까 봐 바라만 본다
하루, 한 주, 한 달, 일 년
나는 눈을 계속 바라만 본다.
시간이 흘러 나는 눈에게
다가가기로 결심했다
그러나 눈은 이미 사라진 뒤였다

눈이 있던 자리엔 그리움만 남았다.

2223 최○○

시에서 '눈'이라는 대상이 무엇인지 정확하게 표현이 되어 있지는 않지만, 직감적으로 짝사랑하는 친구라는 걸 알았다. 친해지고 싶지만 괜히 멀어질까 바라만 보고 시간만 흘러간다. 다가가기로 결심했지만 그 친구는 이미 떠나고 없다. 누구나 한 번쯤은 느끼는 아쉬운 마음을 눈이라는 소재에 잘 빗대어 표현한 것 같다.

2502 강○○

내가 짝사랑을 해 본 적은 없지만 그리움에 찬 감정은 굉장히 속상할 거 같다.

2618 이○○

첫사랑이 이루어지는 것은 결코 쉬운 일이 아니다. 그러나 그 그리움에 갇혀만 있으면 우울하고 힘들 뿐이다. 새로운 사랑을 찾아 떠나는 것이 더 의미 있고 자신을 행복으로 이끌 것이다. 사랑을 하는 사람들이 모두 사랑을 이루었으면 좋겠다.

2503 김○○

이 시를 보고 내가 많이 떠올랐다. 나도 결심하고 다가갈려고 하면 그 사람은 이미 떠난 뒤다. 그리고 나는 항상 후회한다. 왜 고민만 그렇게 많이 했을까. 그냥 다가가서 말이라도 걸어볼걸.

2124 최○○

나도 이 시와 같은 일이 있었다. 누군가를 정말 짝사랑했고 그걸 전하지 못하고 그냥 바라만 보다가 용기를 내어 좋아한다고 했는데 그 사람은 이미 좋아하는 사람이 있었다. 이 시는 내 눈물샘을 터트려주는 시다.

종소리 괴담

2학년 모태양

딩동댕동~ 딩동댕동~
오늘도 어김없이 종소리가 울린다
쉬는 시간은 순식간에 지나갔고
길고 긴 수업의 시작이다

그러나 나는 오늘도 종소리를 듣지 못했다
친구들과 웃고 떠드느라
운동장에 나가 뛰어노느라
매점에 가느라
화장실이 급해서
나는 또 수업에 늦었다

오늘도 칠판에는 내 이름이 적혀 있다
다음 쉬는 시간부터는
절대 늦지 않겠다고 속으로 다짐한다

딩동댕동~ 딩동댕동~
선생님이 물으신다 "이번엔 왜 늦었니?"
나는 말한다 "종소리를 못 들었어요."

종소리는 유령이다
나는 절대로 보지도 들을 수도 없는.

2218 이○○

학생들의 지각을 괴담으로 표현한 점과 학생들이 놀다가 종소리를 듣지 못한 것을 '종소리는 유령이다'로 표현 한 점이 신선했다.

2203 김○○

나도 맨날 쉬는 시간 끝나는 종은 안 들리고 수업 끝나는 종소리만 들려서 정말 이상하다고 생각했는데 나랑 같은 생각을 해서 신기했다.

2221 정○○

제목을 센스있게 잘 지었다. 누구나 종소리를 못 들어서 수업에 늦을 때가 있을 텐데 그 부분이 매우 공간이 간다.

2114 이○○

나도 점심 시간에 친구들과 종종 야구를 한다. 그러다 보면 수업에 늦는 경우도 발생한다. 이 시를 쓴 친구도 나처럼 수업에 늦은 경험을 살려서 시를 쓴 것 같고, 놀다 보면 잘 들리지 않는 종소리를 '유령'에 비유한 것이 마음에 든다.

인생은 동영상

3학년 장영운

별다를 거 없는 하루다
마치 반복 재생같이

잠잘 때는 죽은 듯이
마치 일시 정지처럼

좋은 일은 금방 간다
시간이 2배속이다

나쁜 일은 천천히 간다
시간이 0.5배 속도로

가끔은 하루가 새로워진다
광고가 낀 것같이

인생은 끝날 것이다
영상을 다 본 것처럼.

2801 강○○

우와. 이 시를 보자마자 공감이 갔다. 특히 색다른 걸 볼 땐 광고가 낀 것 같다는 말이 너무 웃기면서 비유를 진짜 잘 활용한다고 생각했다. 근데 나는 반복된 하루를 자신이 바꾸면 좋다는 생각이 크다. 나는 인생을 그렇게 살 것이다. 늘 새로운 영상을 보듯이 살 것이다.

2721 이○○

많은 동영상을 보는 것처럼 많은 경험을 하며 살고 싶다. 그래야 영상이 끝날 때, 즉 인생이 끝날 때 후회가 안 될 것이다. 그리고 내 인생에서 2배속 구간이 많길 바란다.

2709 방○○

좋은 일이 있을 때나 안 좋은 일이 있을 때 시간이 가는 속도가 다르다는 것을 영상 배속에 비유한 점이 정말 신박하다고 생각한다. 마지막 연은 표현은 조금 무섭다.

2120 이○○

반복되는 하루에 지친 글쓴이의 비관적 시선이 마음 깊이 남는다.

2217 이○○

우리의 인생은 24시간 동영상이지만 다른 동영상과 다른 것은 그 내용을 우리가 만든다는 점이다.

파도

2학년 조윤상

나는 걱정이 너무 많다.
마치 파도가 밀려오듯이
걱정도 계속 밀려온다.
지금 걱정되는 게 있으면
그다음 것이 걱정되고,
또 그다음의 것이 걱정되는 게
파도가 밀려오는 것처럼
끝이 보이지 않는다.

2214 이○○

나도 지금 걱정되는 일이 많다. 학원 숙제도 아직 못했고 해야 할 일이 많다. 걱정한 일을 넘기면 다른 걱정이 생긴다. 그리고 계속 밀려오는 걱정을 파도에 비유를 잘한 것 같다.

2203 김○○

이 시를 읽고 정말 많은 생각이 들었다. 이거하면 혼날까? 저거하면 혼날까? 이런 식으로 청소년들은 도전도 못하고 걱정 때문에 아무것도 못한다. 끝이 없는 걱정 때문에 청소년들의 상상력과 창의력이 다치는 것 같다. 우리 청소년이 걱정없이 삶을 즐기며 하고 싶은 일에 도전하며 살았으면 좋겠다.

2106 모○○

나도 평소에 걱정이 좀 많은 편이다. 멈추지 않는 파도처럼 인생이 끝날 때까지 걱정만 계속 따라올 것이다. 사람들이 파도타기를 즐기는 것처럼 인생에서도 걱정을 이겨내고 헤쳐 나가면 좋겠다.

2000 익명

나도 요즘 걱정이 많다. 하지만 하는 걱정에 비해 실제로 일어나는 일은 별로 없다. 그래서 매번 내가 걱정했던 시간들이 아깝다.

2114 유○○

나도 항상 걱정거리가 많은데 걱정은 꼭 자기 자신을 따라오는 것 같다. 시합, 부상, 성적 등 걱정을 할수록 걱정은 따라오는 것이다. 그런 내용을 끝없이 밀려오는 파도에 잘 비유하고 있다.

2606 김○○

평소 친구 조윤상에게서 보지 못했던 면을 보게 된 것 같아서 놀라웠다.

2613 오○○

같은 축구부 친구가 쓴 시인데 평소에 걱정 같은 걸 하지 않는 친구라서 '얘가 이런 주제를?'이라는 생각이 들었다. 걱정이 파도처럼 계속 밀려온다는 표현이 굉장히 공감이 가고 잘 사용한 표현이라고 생각한다.

게임을 하는 이유

2학년 최대일

내가 게임을 하는 이유는

10판 연속으로 져도
10판 연속으로 죽어도
팀원을 잘못 만나서 스트레스를 받아
게임에 점점 흥미를 잃을 때쯤

단 한 번의 멋진 플레이
짧지만 거센 소나기가 쏟아지는 듯한 쾌감
딱 그것 하나
내가 게임을 하는 이유.

2224 최○○

그 느낌이 어떤 것인지 알 것 같고 공감이 되었다. 게임을 하는 이유가 단지 승리만을 위한 것이 아니라는 것을 깨달았다.

2206 서○○

나 또한 게임을 하다가 부정적으로 게임을 하는 팀원, 게임을 계속 져서 스트레스를 받다가 멋진 플레이를 했을 때의 쾌감과 기쁨과 뿌듯한 다양한 감정이 들고, 이런 기분 때문에 나도 게임을 한다.

2225 한○○

비단 게임만이 아니라도 대다수의 많은 사람들은 여러 실패를 겪으면서 단 한 순간의 크나큰 즐거움을 위해, 그 실낱 같은 희망에 기대어 더 많은 실패와 고통을 반복하고 어리석은 결정을 내리곤 한다. 이 시에서는 게임으로 국한하여 표현하였지만 그 안에는 이러한 인간의 본성이 잘 드러난 시인 것 같다.

2409 서○○

게임에서 얻는 성취감은 랭커가 되는 등 여러 가지가 있는데 단 한 번의 멋진 플레이가 주는 성취감은 말로 표현하기가 어렵다. 나는 가끔 이런 생각도 한다. '어차피 접을 거 같은데 랭커 찍는 게 의미가 있니?'하고 말이다.

2823 최○○

이 시에 정말 공감이 간다. 10연패를 하면 정말 멘탈이 나가고 자신감이 떨어지고 말리고 내 잘못에도 팀 탓을 하게 된다. 하지만 슈퍼플레이 한번 하면 말린 게 풀리고 자신감이 올라오고 멘탈도 돌아온다.

2810 신○○

너무 공감이 되어 소름이 끼쳤다. 계속 계속 져도 그 중 한 번은 멋진 플레이가 나오기 때문에 그 맛에 플레이한다.

꽃은 핀다

꽃은 핀다.
봄에 피는 꽃도 있고
여름에 피는 꽃도 있고
가을에 피는 꽃도 있고
겨울에 피는 꽃도 있다.

조금 늦게 피거나
조금 빠르게 피거나
결국 꽃은 핀다.

사람도 마찬가지다.
조금 늦게 이루거나
조금 빨리 이루거나.

2514 박○○

꽃은 늦더라도 조금만 필지라도 핀다. 이처럼 우리도 사람에 따라 성장 속도와 이해하는 속도가 늦으니 자신이 멍청하다고 생각하지 말고 기다려보자.

2410 서○○

꽃이 피는 계절이 있듯이 사람도 자신의 재능을 찾는데 시간이 다르니까 포기하지 말고 열심히 노력하라는 시 같다.

2823 최○○

사람도 꽃처럼 포기하지 않고 꿈을 이루었으면 좋겠습니다.

2604 김○○

'결국 꽃은 핀다'에서 모든 사람은 성공할 수 있다고 하는 말 같다. 나는 성공하려면 '노력'이라는 '비료'가 필요하다고 생각한다.

2620 최○○

이 시를 읽고 문득 내 꽃은 언제 필까 생각하게 되었다. 혹시 내 꽃은 피기도 전에 지는 건 아니겠지?

팥빙수 같은 너

2학년 김성천

너는 참 팥빙수 같다
겉보기에는 한 번만 먹어도 이가
오들오들
떨 정도로 차가워 보이지만
한 번 먹으면
차가운 것보다
달콤하다는 생각이
먼저 들게 하는 너
나는 이런 너가 참 좋다.

2208 송○○

우리는 아무 생각 없이 팥빙수를 먹는데 이 친구는 팥빙수를 보면서 겉은 차가운데 속은 따뜻한 친구를 떠올렸다는 게 놀랍다.

2222 최○○

사람을 팥빙수에 비유하면서 겉보기에는 차가워 보이고 무뚝뚝해 보여 다가가기 힘든 사람이지만 그 사람과 만나다 보면 생각보다 재밌고 따뜻하다는 내용이다. 나도 첨엔 딱딱한 사람이라 공감이 간다.

2716 이○○

이 시를 읽고 내가 먼저 다른 사람에게 다가가야겠다는 생각이 들었다.

2115 이○○

겉으로 보기에는 힘들어 보이지만 막상 해보면 쉬운 일들. 나에게는 공부가 그런 것 같다. 배우기 전에는 어려울 것 같지만 막상 배우고 나면 쉬워지고 재밌어지는 공부를 팥빙수에 비유한 것이 마음에 들었다.

매미

2학년 임강민

매미가 운다

맴맴

새벽부터 우는 게 마치 갓난아기 같다

시끄러워 짜증 나지만

매미 울음소리가 안 들리면

그리워진다

듣고 싶어진다

맴맴.

2212 우○○

매미가 울 땐 시끄럽지만 다시 안 들리면 뭔가 허전하듯이 엄마의 잔소리가 없으면 뭔가 허전하다.

2219 장○○

있을 때는 싫지만 막상 사라지면 아쉬운 것들이 참 많다. 그리움에 자기 스스로 맴맴하는 부분이 좋았던 것 같습니다.

2210 양○○

이 시는 엄마의 잔소리 같다. 엄마가 잔소리를 하면 시끄럽고 짜증나지만 엄마가 옆에 없어진다면 그리워서 잔소리가 듣고 싶어질 것 같다.

2515 양○○

옆에 있을 때는 소중함을 모르지만 떠나면 급 그리워지는 것처럼 있을 때 잘하는 게 중요하다.

2124 최○○

이 시는 내가 옛날에 키우던 강아지가 생각나게 한다. 처음에는 짖는 소리가 시끄러워서 '조용히 해!'라고 소리를 질렀지만 지금은 그렇게 말한 내가 너무나 원망스럽다. 살아 있을 때 더 잘할 걸.

억울하다

열심히 공부하다 잠깐 쉬려고 핸드폰 볼 때
엄마가 하는 말
"아들, 핸드폰 보지 말고 공부해."
억울하다. 열심히 공부했는데.

집에서 혼나면서 대답할 때
부모님이 하는 말
"너 요즘 양아치들이랑 어울려 다니니? 왜 그렇게 반항적이야?"
억울하다. 그냥 평소 목소리인데.

동생이 시비 걸어서 싸울 때
나만 혼내면서 엄마가 하는 말
"형이 돼서 왜 그렇게 동생하고 싸우니?
억울하다. 왜 동생은 안 혼내는데.

시험을 본 후 부모님께 성적표를 드릴 때
부모님이 하는 말
"니 친구는 이번에 올백이라더라."
억울하다. 걔는 걔고 나는 난데.

물속에 있는 것처럼 갑갑하다
나만 항상 죄를 짓는 것 같다
억울하다. 나름대로 잘한 것 같은데.

2217 이○○

부모님이 우리에게 이런 말씀을 하시는 이유는 그 누구보다 우리를 아끼고 사랑하시기 때문이다. 자신의 자식이 안 좋게 되는 걸 바라는 부모는 없다.

2209 안○○

나도 가끔씩 억울한 일들을 겪는다. 내가 하지도 않은 일을 했다고 지레짐작하고 혼날 때도 있다. 공부하다 잠깐 쉬면 오래 쉰 줄 알고 이제 공부하라고 잔소리 들을 때도 있다.

203 김○○

나도 맨날 친구들과 비교되고 맨날 싸운다고 혼나고 정말 억울한 일이 많은데 이 시는 나를 위해 만든 시인 것 같다.

2721 이○○

나도 이 시처럼 억울한 상황이 많았다. 하지만 괴롭지는 않았다. 내가 잘못을 했다면 반성하면 된다. 하지만 잘못이 없다면 당당해야 한다.

나뭇잎

2학년 김관우

사람은 나뭇잎 같다
햇빛이 많이 닿는 쪽으로만
모이는 나뭇잎

사람은 나뭇잎 같다
추울 때는 우수수 떨어져
도망가면서
따뜻할 때는 다시
돌아오는 나뭇잎.

2225 한○○

사람이란 원래 본인의 이득을 가장 우선시하는 동물이다. 자신들에게 유리한 주장을 하기 마련이며 같은 이득을 가지는 사람들끼리 모여들고 극단적으로 변질되기도 한다. 이러한 인간의 속성을 '나뭇잎'으로 표현한 것이 인상적이다.

2716 이○○

좋은 것에만 모이고 나쁜 것은 피하는 사람들의 특성을 나뭇잎에 비유한 점이 참신하다. 이 시를 읽고 인간의 이러한 본성에 대해 다시 한번 생각해 보게 되었다.

2515 양○○

나뭇잎이 햇빛이 닿는 쪽으로만 모이는 것처럼 사람도 인기 많고 돈 많고 힘이 센 사람한테 갔다가 약해지면 떨어졌다가 다시 강해지면 돌아오는 것 같다.

2123 최○○

사람도 자신이 필요한 곳에만 가고 필요 없으면 안 가는 것을 나뭇잎에 잘 비유했다.

2120 이○○

사람의 간사함을 나뭇잎으로 비유한 점이 참신하다. 사람들은 이쪽이 좋은 것 같으면 우르르 몰렸다가 다시 저쪽이 좋으면 저쪽으로 우르르 몰려간다. 이런 점을 자신만의 놀라운 창의력으로 녹여냈다는 점에서 이 시를 다른 사람에게 추천하고 싶다.

세대 차이

2학년 익명

내가 한 대 때리면
아빠는 네 대를 때리는 것
이것이 바로 세대 차이

세 대를 더 못 때려서 그런가
아빠의 이야기가 잔소리로 들리고
세 대를 더 못 때려서 그런가
아빠에게 화가 난다

세대 차이지만
너무 억울하다.

2820 정○○

'나 때는 말이야'부터 '내 어릴 적에는 안 그랬어'까지 정말 세대 차이가 난다. 언젠가 나도 네 대를 때리는 날이 오겠지. 정말 재밌게 비유한 것 같다.

2807 서○○

나도 요즘 부모님하고 너무 자주 싸우는 것 같아서 걱정된다. 나랑 아버지랑 세대와 가치관 등이 달라서 그런 것 같다. 나도 조금만 달리 생각해 보고 아버지도 조금 다르게 생각하면 지금보다 덜 싸우고 더 화목해질 것 같다.

2620 최○○

아버지와의 세대차이를 때린 횟수로 비유해 내게 충격을 주었다. 나는 아빠와 의견이 다를 때가 많아 자주 충돌이 있고 억울한 듯한 답답함이 자주 있다. 아빠와 일상생활 속에 흔히 있는 일을 웃기고 재미있게 표현한 것 같다.

2617 이○○

계속 우울한 시만 읽다가 이렇게 재미있는 시는 처음 봤다.

2105 이○○

아버지와의 사이가 어떤지 친구들과 이야기를 나눈 적이 있다. 대부분이 친구들은 아버지와 함께 있으면 어색하다고 하더라. 나 또한 그렇다. 어렸을 때는 아빠가 이야기하면 잘 들었지만 요즘은 잔소리로 들리고 가끔은 화가 난다.

할머니가 돌아가신 날

아침부터 할머니가 돌아가셨다
눈물이 났다
이틀 동안 잠을 안 자고 초를 지켰다
초를 보면서 할머니가 너무 보고 싶었다

할머니의 마지막 모습을 보지 못했지만
울음을 참고 힘들게 할머니를 보내 드렸다

하지만 아직도 내 마음에는 초가 켜 있다.

2819 전○○

내가 키웠던 반려동물이 생각났다. 몇 시간 동안이나 울었던지, 눈이 굉장히 많이 부었다. 가족들도 같이 울었었다. 심지어 떠나보낼 때까지도 계속해서 울었다. 나는 할머니를 잃은 민집이의 마음을 충분히 공감할 수 있다.

2822 최○○

나도 몇 주 전에 증조 할머니께서 돌아가셨다. '아직도 내 마음에는 초가 켜 있다'는 것을 보면 할머니는 내 마음에 영원히 남아 있다,는 의미 같다.

2802 강○○

나도 할머니가 돌아가셨다. 시골에 내려갈 때마다 반갑게 인사해주셨는데 이제 다시 못 본다니 슬펐다. 하지만 계속해서 우울해 하는 건 나에게도 좋지 않을 것 같다.

2816 임○○

난 작은 할아버지가 돌아가셨다. 사실 자주 안 봐서 돌아가셔도 큰 슬픔은 없었다. 하지만 명절에 시골에 갈 때마다 작은 할아버지가 안 오시니까 너무 허전했다. 누가 죽든 누가 돌아가시든 그 빈자리는 확실하게 느껴진다. 심지어 반려 동물이라도.

2716 이○○

나도 할아버지가 돌아가셨을 때 울었던 기억이 있다. 아직 마음속에 할아버지에 대한 기억이 있다. 나도 이 기억을 잃지 않도록 마음속의 초를 잘 유지해야겠다.

핸드폰

3학년 손승범

매일 밤 매일 아침
나를 깨워 주고
나를 즐겁게 해 주고
여러 가지 정보를 주는
핸드폰은 마치 가장 친한 내 친구 같다

핸드폰이 부서지면 친구가 다친 것처럼 마음 아프고
핸드폰이 사라지면 친구와 연락이 안 되는 것처럼 답답한
없어서는 안 되는 내 단짝.

28○○ 익명

정말 핸드폰이랑 친구 사이인 것 같다. 새 친구는 조심스럽게 오래된 친구는 막 대한다. 마찬가지로 새폰은 살포시 이불을 덮어주고 오래된 폰은 아무데나 막 던져둔다.

2607 김○○

평상시에 나는 하루종일 핸드폰과 같이 있다. 아침에 일어나자마자 핸드폰을 만지고 자기 전에도 밤늦게까지 한다. 그리고 핸드폰이 사라지면 친구와 연락이 안 되는 것처럼 답답한 느낌에 공감이 크게 됐다.

2202 김○○

가끔은 그 단짝이 해가 되기도 한다. 이상한 걸 알려주는, 이상한 걸 보여주는 단짝. 단짝도 언제나 믿을 수는 없다.

같은 하늘 다른 이름표

2학년 익명

세상에 사랑스러운 아기들이 태어난다
울 새도 없이 아기들에게 보이지 않는
이름표가 그들의 가슴에 붙여진다

아기들이 성장할수록 투명했던 이름표가
사람들의 눈에 띄기 시작하고, 그것이 곧 평가 기준이 된다

어떻게 할 수 없다 그것은 절대 뗄 수 없다
자신의 이름표에 불만을 가진 사람들은 외친다
불공평하다고
하지만 세상은 변하지 않고
뫼비우스의 띠처럼 계속 유지될 것이다.

2801 강○○

태어난 환경에 따른 가난과 부자, 이건 선택할 수 없다. 하지만 이어달리기에서 길이 안쪽일수록 출발점이 뒤인 것처럼 인생도 그렇다. 신도 그렇게 만들었을 것이다. 우리에게도 희망은 있다. 그러니 포기 말자.

2714 유○○

어릴 때는 아무것도 모르고 즐겁게 놀지만 점점 커가며 자신에게 붙어 있는 이름표를 보고 남들과 비교당하면서 사는 것은 정말 슬픈 일 같다.

2713 오○○

태어날 때부터 어떤 사람들은 재능이 있지만 어떤 사람들은 재능이 부족하다는 의미 같다.

2718 이○○

누구에게나 이름표가 있다. 하지만 그 이름표는 자신이 채워가는 것이다. 노력을 한 만큼 이름표의 가치는 올라간다.

2121 정○○

타고난 출신, 환경, 체질 같은 것들을 절대 뗄 수 없는 이름표에 비유한 점이 참신하다.

출구

3학년 이대진

보이지 않는 끝을 향해 오늘도 계단을 올라간다
혹여 늦어질까 앞만 보고 올라간다
끝이 보이지 않아 걱정이 된다
올라갈수록 힘이 부친다
나보다 늦게 올라온 친구도 어느새 내 앞에 있다
출구는 어디에 있을지 하염없이 출구를 찾는다
아무 문이나 들어갔다가 낭떠러지로 떨어질지도 몰라

나는 오늘도 진짜 출구를 찾아 올라간다
올라가다 보면 언젠가는 끝이 있을 테니까.

2817 임○○

나도 언젠간 성공하겠지, 라고 생각하지만 나보다 재능이 뛰어난 친구는 어느새 내 앞에 있다가 멀어진다.

2801 강○○

눈앞에 출구는 없지만 언젠가 끝을 생각하며 앞만 보고 올라간다는 점이 정말 내 마음을 잡았다.

2613 오○○

꿈을 좇는 과정에서 여러 고난과 역경이 있다는 것과 주위의 친구들이 나보다 앞서간다는 불안감과 실패할 수도 있다는 두려움 등이 시에 잘 표현되어 있다. 하지만 그럼에도 계속해서 노력하겠다는 것을 마지막에 잘 표현했다. 나도 번아웃도 오고 그랬지만 계속 노력하고 있기에 굉장히 공감이 갔다. 꿈을 이루기 위해 노력하는 사람들이 공감도 하고 위로도 받을 수 있는 훌륭한 시라고 생각한다.

2609 박○○

우리가 인생이라는 길을 걸으며 느끼는 모든 감정들과 힘듦을 이 한 시에 모두 축적하여 담은 것 같다. 굿!!

2209 안○○

내가 봤던 만화 중에서 '아무런 단서없이 5분 내에 1○○개의 문 중 옳은 출구를 찾아야한다'는 에피소드가 있었다. 틀린 출구를 고르거나 시간 내에 못 고르면 죽는 상황. 그런데 사실은 모든 문이 출구였다. 결단력을 시험하는 것. 이렇듯 낭떠러지로 떨어질지언정 언젠가는 결단력 있게 선택해야 할 때가 올 것이다.

개미

3학년 김용성

개미는 일하고 또 일하고
쉴 틈 없이 먹이를 나르고
아침부터 저녁까지 일하고 나서야
집으로 돌아가 잠을 자고
다시 아침이 되면 일어나서
여왕개미를 위해 일하고
매일 이런 일상이 반복된다

그런데 만약 여왕개미가 죽으면
개미는 어떡하지?

다른 여왕개미라도 찾아야 되나?

2812 엄○○

학생들은 쉴 틈 없이 학교와 학원에서 계속 공부한다. 개미들은 여왕개미를 위해서 일한다고 하는데 우리는 무엇을 위해 공부를 하고 있을까?

2604 김○○

이 시에서 '여왕개미'는 인생의 목표나 목적이라고 생각한다. 개미는 인생의 목표를 위해 하루종일 일하고 매일 똑같은 일을 하는 요즘 사회의 사람들이다. 하지만 목표가 사라진다면? 개미는 다른 여왕개미를 찾을 수 없지만 우리는 살면서 목표를 다시 정할 수 있다.

2721 이○○

여왕개미만 보고 따르는 것처럼 나도 맹목적으로 무언가에 복종했던 것 같다. 앞으로는 나만의 자주성을 찾을 것이다.

밤

어느 날 저녁 엄마가 밤을 씻고 있네

나는 궁금해서 그것을 만져도 보았네 엄마는 밤을 정성껏 씻자마자 냄

비에 넣고 밤을 찌네

갑자기 퍼벙 소리가 냄비에서 나서 엄마가 그리로 달려갔네

뚜껑을 열었을 때 펑 하며 엄마 얼굴 앞에서 밤이 터졌네

나와 동생은 그걸 보며 하하 호호 깔깔 그렇게 즐거웠던 시간.

2813 이○○

이 시를 보며 우리 엄마가 생각났다. 맨날 가스레인지에 냄비를 올려두시고 깜빡하시는 우리 엄마.

2816 임○○

이 시는 평범하고 화목한 가정을 담고 있다. 하지만 '즐거웠던'이라고 해서 뭔가 슬픈 거 같다. 그때를 그리워하는 거 같다. 그래도 잠시 행복해지는 시 같다.

2608 남○○

평범한 일상속에서 일어날 법한 일을 흥미롭고 즐겁게 표현하였다.

2106 모○○

자신의 소소한 일상을 시로 표현해서 그런지 더 따뜻한 느낌을 받았다. 가족과 함께 웃는 내용을 읽으니 나도 가족과 함께 웃었던 기억이 떠오른다. 그리고 앞으로도 가족과 함께 좋은 추억을 만들고 싶다는 생각을 했다.

의문

2학년 김유신

나는 의문이 든다.

국어 시간에 선생님이 시를 쓰라고 할 때
나는 의문이 든다.

진로 시간에 진로에 대해 글을 쓰라고 할 때
나는 의문이 든다.

기말고사를 앞에 두고 공부를 하고 있을 때
나는 의문이 든다.

일상에서 가끔 이걸 내가 왜 하고 있지? 라는 의문을 가져 본 적이 있을 것이다. 우리의 인생은 의문의 연속이지만 그것을 무시하고 계속 의미 없는 삶을 살아가는 것이 아닐까?

내 꿈이 뭔지 지금 내가 뭘 원하는지 다시 생각하게 해 준다.

이 시를 읽으니 나도 의문이 든다. 내가 이제까지 해왔던 것은 무엇을 위한 걸까? 지금 나는 무얼 하는 건지 의문이 든다. 이 시를 쓴 사람은 부정적인 의미로 쓴 것인지 좋은 의미로 쓴 것인지 모르겠지만 나는 그것이 나쁜 일이 아니라고 생각한다. 그저 '왜?'라는 생각이 아닌 '내가 이걸 하면 무엇을 할 수 있을까? 이걸 하는 이유는 무엇일까?'라는 생각을 한다면 단지 남이 시킨 일이 아니라 정말로 나를 위한 일이 될 것이다.

이 시는 지금 이 시를 읽고 있는 나에게조차 의문을 품게 만들어 신선한 느낌을 준다. 나 또한 무언가를 열심히 할 때 가끔 의문을 품곤 한다. 지금 내가 무엇을 위해 이것저것을 하는지 말이다.

나무

2학년 김종석

넌 너고
난 나다.

넌 커다란 나무지만
난 덜 자란 나무 같다.

넌 잎의 색이 계절에 따라 주기적으로 바뀌지만
내 모습은 시간에 따라 무엇으로 바뀔지 알 수 없다.

이런 우리들을 보면서 새들은 말한다.
저 나무는 커다래서 좋다.
저 나무는 작아서 싫다.

난 너처럼 되고 싶지 않지만
새들은 너처럼 커다란 나무가 되라고 한다.
난 다른 나무가 되고 싶다.

2715 유○○

이 시를 보고 가정 먼저 떠오른 생각은 부모님이 자주하시는 말이다. "쟤는 저만큼 하는데, 너는 왜 이만큼 밖에 못하니." 아무래도 나보다 뛰어난 사람과 비교되는 일은 흔한 일이다. 그렇기에 누구나 겪어 봤을 상황을 나무에 빗대어 표현한 것이 신선하다. 그리고 마지막에 '난 다른 나무가 되고 싶다'라는 말도 마음에 와 닿았다.

2721 이○○

우리는 모두 자신만의 개성이 있다. 그러니 남을 깎아내려서도 자기 스스로를 깎아내려서도 안 된다. 1000명의 사람이 있으면 1000가지 생각이 나오고 1000가지 얼굴이 있다. 그러니 남을 깎아내리지도 자신을 깎아내리지도 말아야 한다. 이 시는 이런 중요한 가치를 나무에 빗대어 잘 표현하고 있다.

2321 조○○

이 시는 뭐든지 비교하려고 하는 세상을 비판한 것 같다.

2414 심○○

어른들과 주변 사람들은 나에게 의사가 되라고 말하고 강요하지만 난 다른 것이 되고 싶어 자주 갈등한다. 이 시는 나의 상황과 굉장히 비슷해서 공감이 간다. 이 시를 읽으며 나의 꿈을 결심했다. 나는 아직 덜 자랐기에 가능성이 있고 내가 하고 싶은 것을 하고 싶기 때문이다.

2410 서○○

남들의 시선을 신경쓰지 말고 내 가치를 생각하고 발전시키라는 의미 같아서 좋았다. '넌 너고 난 나다'에서 다른 사람과 나는 분명 차이점이 있다고 말하는 것이 인상적이다.

2403 김○○

주변 어른들은 우리가 다른 사람처럼 똑똑하고 공부 잘하고 좋은 대학에 가기만을 원하고 무엇을 하고 싶은지는 별로 관심이 없다. 막상 하고 싶은 것을 말하면 화를 낸다.

명찰

2학년 최병완

나는 너희를 보여 주는 존재인데
왜 너는 나를 숨기고 다닐까?

나는 왜 이불 안 사람처럼 덮여 있을까?
나는 나오고 싶은데

나는 왜 지갑 속 돈처럼 어딘가에 들어가 있을까?
나는 돈처럼 나오고 싶은데

나는 왜 가려져 있을까?
나도 나와 보고 싶은데.

2716 이○○

학교에서 학생들을 보면 명찰을 주머니에 집어 넣고 다니는 학생이 많다. 왜 우리는 우리의 이름을 감추고 다닐까? 자신의 이름을 보여주는 것이 부끄러운 일일까? 이 시를 읽고 앞으로 살아가면서 나 스스로를 감추지 말고 당당하게 살아가야겠다는 생각을 했다.

2707 김○○

숨기고 다닌다는 표현이 공감이 가고 '나는 왜 지갑 속 돈처럼 어딘가에 들어가 있을까?'라는 표현이 신박했다.

2821 조○○

나도 명찰이 있다. 나도 명찰을 숨기고 다닌다. 그런데 내가 명찰을 왜 숨기고 다니는지 한 번도 생각해 보지 못했다. 내 이름이 적힌 명찰인데 왜 숨기고 다녔을까?

2324 홍○○

이 시는 명찰을 의인법을 사용해 사람처럼 표현하였고 '이불 안 사람', '지갑 속 돈'이라고 잘 비유한 것 같다. 나는 이 시에서 '명찰'이라는 소재가 진짜 명찰을 의미하지 않는다고 생각한다. 이 시에서 명찰은 자기 자신을 상징하는 것 같다. 이 시는 단순히 '명찰도 나와보고 싶은데 가려져 있다'는 것이 아니라 '나도 가려져 있지 않고 내 자신을 보여주고 싶다'는 의미인 것 같다. 여러 비유와 상징적인 표현이 매우 인상 깊은 시.

2403 김○○

본인의 본모습을 보여주고 싶은데 그러면 사람들이 싫어할까봐 본모습을 숨기고 살아가는 현대 사회를 잘 표현한 것 같다. 여기 시에서는 본모습을 숨기는 게 꼭 나쁜 것처럼 말한다.

높은 곳의 선비들

2학년 박준우

높은 곳의 선비들은 말하네
창의력이 중요하고 교육은 바뀌어야 한다고 하네

높은 곳의 선비들은 행동하네
자식들을 돈 들여 학원에 보내고 과외를 붙이네

높은 곳의 선비들은 참 웃기네
정말 웃기네.

2221 정○○

이해가 안 가면서 가는 시이다. 신중하게 적은 느낌이 나고 공부에 관해서 적은 시이며 나 역시 과외를 해서 공감이 가고 선비들이 누구인지도 알겠다.

2218 이○○

창의력이 중요하고 교육은 바뀌어야 한다는 선비들이 자식들은 돈 들여 학원에 보내고 과 외를 붙인다는 말이 인상적이다.

2516 윤○○

현실을 풍자하고 있는 시라고 생각한다. 마치 반미, 반일을 외치는 국회의원들이 자기 자식 들은 미국으로 일본으로 유학시키는 것처럼 말이다. 언행이 불일치한 우리나라의 정치 현 실을 잘 보여주고 있다.

2614 오○○

현재 정치인들의 모순적인 행동을 꾸짖는 것이 우리들의 마음을 대변해 주는 것 같다.

2320 전○○

이 시에서 높은 곳의 선비는 부모님들을 표현한 것 같다. 부모님들은 지금의 교육이 잘못된 것 같다고 말하시고 자식들을 과외나 학원으로 보낸다.

2324 홍○○

'높은 곳의 선비들'은 우리 사회에서 높은 위치에 있는 교육 관련된 사람들인 것 같다. 뉴스 에서 보면 그들은 창의력 중심 교육이 되어야 한다, 학교 수업에 집중하지 못하게 하는 예 습은 근절되어야 한다고 하며 그런 내용으로 가정통신문도 보낸다. 그러나 막상 그들의 자 식은 선행을 하고 학원에 다니고 있다. 한편 '~네'로 모든 행이 끝나서 운율감이 느껴지는 점도 좋았다.

2306 김○○

'높은 곳의 선비들'의 모순적인 태도가 지금의 우리나라를 만들지 않았을까.

인간

본디 인간은 이기적이고,
탐욕스럽고,
나태하며,
때때로 이성을 잃는다.

이러한 인간의 본성은
허상의 무언가로 향하고
지금 허구의 가치가 인간을 지배하고 있다.

그리고 그 무언가는
인간의 욕망에 붙어서
대상의 본질적 가치를 잃게 만든다.

이러한 공허함은 결국
우리의 운명이 시작된 흙으로 돌아가
결국엔 아무것도 남지 않게 된다.

2223 최○○

이 시는 나에게 매우 철학적으로 느껴진다. '허상의 무언가'는 사람에 따라 여러 뜻으로 해석될 수 있을 것 같다. 나에게 '허상의 무언가'는 꿈이다. 인간은 자기 이익을 위해 일하게 설계된 것 같다는 느낌을 나도 받았다. 이런 게 선악설일 것이다. 자신의 이익만을 위해 일하니까 대상의 본질적 가치를 잃게 되는 것이다. 내 생각과 너무나 비슷한 이 시가 매우 흥미로웠다.

2217 이○○

우리 인간을 잘 비판한 시라고 생각한다. 인간은 자신의 욕심을 채우기 위해 어떤 짓이든 하기도 하는 추한 존재이기도 하다. 일부 인간은 법을 어기며 자신이 원하는 대로 산다. 하지만 아무리 욕심을 채우더라도 마음속의 공허함을 채울 수는 없다.

2520 임○○

인간의 추악한 본성이 결국 우리를 지배하고 삶을 살아가는데 무거운 짐이 된다. 이러한 본성을 스스로 억제하고 짓누르지 못하면 무거운 짐에 짓눌리게 되면, 결국 우리 삶에 남는 것이 없다는 것을 의미하는 것 같다.

2315 엄○○

인간의 본래 모습을 잘 표현한 것 같다. 욕심을 내다 중요한 것을 잃게 되고 후회만 남는다는 생각이 들었다.

2306 김○○

결국 가치를 잃게 되는 허구의 무언가로 향하고자 하는 인간의 욕망을 비판적 관점에서 해석한 것 같다. 정말 인간이 원하는 것이 무엇인지 궁금해짐과 동시에 그것이 무엇이든 결국 가치를 잃어 인간이 스스로 멸망하고 있다는 생각이 든다. 그렇다면 인간이 가장 현명하게 마지막까지 얻을 수 있는 것은 무엇일까?

2415 이○○

'인간의 본성은 허상의 무언가로 향하고'라는 구절에서 꼭두각시처럼 돈을 벌려고 노력하는 사람들을 잘 표현한 것 같다. 그러나 문장의 난이도가 쉬운 편은 아니다. 그럼에도 불구하고 참 잘 쓴 시인 것 같다.

LED볼

2학년 권요한

충격이 커야 불이 켜지는
LED볼 잔잔한 충격에는 불빛이 켜지지 않는다
사람의 인생은 LED볼과 같다
안 좋은 일이 일어나도 괜찮다
그 일이 내 불빛을 켜 줄 테니까.

2210 양○○

사람은 항상 부정적으로 생각한다. 하지만 이 시는 항상 긍정적으로 생각하라고 말하는 것 같다.

2203 김○○

'안 좋은 일이 일어나도 괜찮다 그 일이 내 불빛을 켜 줄 테니까' 나는 안 좋은 일이 생기면 그 일을 안 하려고 한다. 그래서 더 앞으로 못 나가는 것 같다. 이 시는 실패는 성공의 어머니라는 말처럼 안 좋은 일이 있어도 괜찮으니까 계속 도전하면 좋겠다는 말을 하고 있다.

2208 송○○

나도 지금 여러 가지 상황들 때문에 '그 일이 내 불빛을 켜 줄 테니까'라는 문장을 읽으니 위로 받는 느낌이 들었다.

2000 익명

안 좋은 일도 결국 좋은 일을 만들어준다는 점이 인상적이다. 그러나 아쉬운 점이 있다면 큰 충격이 안 좋은 일을 의미한다면 잔잔한 충격은 무엇을 나타내는 것인지 잘 추리할 수 없었다.

2123 최○○

사람의 인생이 힘들 때 이 시를 읽는다면 위로를 받을 수 있을 것 같다. 사람들은 모두 힘든 일이 있다. 그러한 일이 있어도 그 일이 더 좋은 일을 만들어준다는 내용이 좋았다.

2518 이○○

이 시를 읽고 '실패는 성공의 어머니'라는 말이 생각났다. 인생은 오르막과 내리막이 공존하며 실패로 인해 다시 오르막으로 올라갈 수 있다고 생각한다.

2620 최○○

'LED볼 잔잔한 충격에는 불빛이 켜지지 않는다'라는 부분에 공감이 갔다. 나는 모험을 굉장히 싫어한다. 그래서 인생에 큰 충격을 줄 도전 같은 것은 절대하지 않는다. 큰 충격을 줄 만큼 큰 리스크가 두렵기 때문이다. 하지만 이 시를 읽고 내 인생의 불빛을 밝히기 위해서는 위험을 감수하기도 해야 한다는 것을 느끼게 해 주었다.

완벽한 것은 없다

2학년 전준희

완벽한 게 있을까?
봄에는 꽃가루가 눈을 괴롭히고
여름에는 너무 덥고
가을에는 은행이 길거리를 테러하고
겨울에는 너무 춥다.

그 무엇도 완벽할 순 없다.

2221 정○○

사람도 계절처럼 뭔가 부족하고 완벽할 수 없다. 공감이 가고 잘 쓴 시인 것 같다.

2106 모○○

사람이든 사물이든 완벽하기란 정말 어렵다. 그러나 많은 사람들은 완벽하기를 원하고 완벽한 것을 찾는다. 그리고 어떤 사람들은 완벽에 실패한 자신의 모습을 보고 좌절하기도 하며 심할 경우 극단적인 선택을 하기도 한다. 나는 이 세상의 모든 사람들이 완벽한 것에 집착하지 말고, 있는 그대로 받아들이고 사랑했으면 좋겠다.

2514 박○○

사람들은 항상 완벽해지려고 한다. 외모, 성적, 운동 등을 포함해 뭐든지 다 완벽하려고 버둥거린다. 나도 그랬다. 그치만 이 시를 읽고 세상에 완벽한 것이 있나 생각해 보았다. 완벽한 것은 없었다. 나는 깨달았다. 완벽하지 않고 부족한 나를 원망할 것이 아니라 사랑해야 한다고.

2619 이○○

나는 항상 남에 비해 부족하다고 생각했다. 하지만 이 시를 읽고 굳이 완벽하지 않아도 괜찮다고 생각했다.

2325 황○○

이 시를 읽고 나서 공부를 못해도 내가 잘 할 수 있는 다른 일을 찾아보아야겠다고 생각했다.

2419 이○○

이 시에서는 완벽한 것은 없다며 완벽해지기 위한 노력도 부정하는 느낌이 들었다. 완벽한 것은 없지만 완벽해지기 위한 노력은 그 노력만으로도 값지다고 생각한다. 물론 이 시에서는 이러한 내용은 없어서 과대 해석일 수도 있지만 이러한 점이 해석의 재미라고 생각한다.

무시

2학년 장형석

나는 어디서나 무시를 당한다.
부모님이든 선생님이든
내 말을 듣고 싶지 않은 것 같다.
어른들은 똑같이 어른이라는 이유로
청소년들을 무시한다.

조금이라도 대들면
어른한테 무슨 말버릇이냐
들어 준다 해 놓고 말을 끊고
내 말을 안 들어 준다.

사춘기나 중2병은
어른들의 무시 때문인데
자기들은 안 그랬다는 듯 행동한다.
청소년의 주장을 무시하고 자기주장만 펼치는
어린이보다 못한 어른들.

2215 이○○

첫 문장부터 공감을 해 버렸다. 나의 인생과 빗대어 보니 어느 하나 틀린 것이 없다. '들어 준다 해 놓고 말을 끊고'에서 또 공감을 하게 된다. 특히 마지막 연은 어른들 앞에서 말하고 싶었던 말들을 이 시에서 보게 되어 놀랐다.

2223 최○○

이 시를 읽고 다른 시보다 더 눈길이 간다는 것을 알았다. 내가 일상생활 속에서 충분히 느끼고 있기 때문일 것이다. 뉴스나 유튜브만 보면 소수의 개념없는 아이들을 MZ세대라는 이유로 같이 엮어 부른다. 요즘 애들은 개념이 없다, 말대꾸만 따박따박 한다, 편한 것만 찾는다 등 '너희', '모두', '우리'라고 엮어 놓는다. 때로는 어른도 아이보다 더 아이 같다. 시에서처럼 자기주장만 하고 그에 반대되는 말이나 글은 받아들이지 않으니 말이다.

2110 박○○

꼭 내가 하고 싶은 말들이 모여 있어 굉장히 공감이 간다. 하지만 그래도 그 말씀들 덕분에 내가 이렇게 잘 클 수 있었고, 피가 되고 살이 되는 말이니 그렇게 잔소리라고 생각하지만 말고 잘 새겨 듣자.

2123 최○○

이 시는 모든 사람을 대상으로 쓴 시 같다. 왜냐하면 지금 어른들도 청소년기에 기성세대에게 무시를 받았고, 지금은 기성세대가 되어 청소년들을 무시하고 있다. 하지만 지금 청소년들은 나중에 어른이 되어서 청소년들을 무시하지 맙시다.

2512 박○○

어른이 말하면 교훈이나 교육이고 우리가 말하면 말대꾸로 취급한다. 나는 이런 게 너무 싫다. 나이가 다를지라도 다 같은 사람이기 때문이다. 나이가 더 어려도 아는 것이 많다면 반박이나 주장을 할 수 있다. 그런데 어른들은 묻지도 따지지도 않고 말대꾸로 생각한다.

2617 이○○

'사춘기'라는 말은 어른들이 불리할 때 쓰는 변명이라고 생각한다. 이 시의 마지막 연을 읽고 마음속이 뻥 뚫리고 후련한 느낌이 들었다.

2519 이○○

어른들은 바쁘다는 핑계로 나의 말을 안 들어준다. 내가 사고를 치면 '너가 잘못 했어. 너 때문이야.'라고만 하고, 왜 사고가 났는지 말을 안 들어줘서 짜증이 났는데 나랑 비슷한 사람이 있어서 공간이 간다.

2802 강○○

본인이 무시당한 것을 다른 청소년들도 똑같이 무시당하였다고 일반화한 것 같다. 또한 어른들이 청소년들의 말을 끊고 자기 주장만 펼친다고 하는데 너무 직설적이고 무례하다고 생각한다. 그래도 자신의 의견을 시로 표현하는 모습은 참 멋있는 것 같다. 힘 내길 바란다.

상처받은 사람들의 마음

2학년 강민재

천 원을 꾸겨도
오천 원을 꾸겨도
만 원을 꾸겨도
돈의 가치는 남아 있다.

내 마음도 그렇다.

2201 강○○

내 마음도 그런 거 같다. 나도 어디서 꾸겨지고 자존심 상한 적이 있는데 이 시를 읽고 자존심 상했어도 난 가치 있다고 생각한다.

2209 안○○

돈이 아주 망가지면 가치가 남아 있을까? 돈이 아주 훼손되면 가치가 떨어지거나 없어진다. 마음이 상처받아도 쉽게 회복될 수 있을까? 마음은 망가지면 쉽게 회복되지 않는다. 돈은 다시 찍어내면 되지만 사람의 마음은 다시 만들 수 없다. 사람은 마음은 참 다루기 힘든 것 같다.

2120 이○○

돈을 구기거나 찢거나 밟거나 해도 구겨진 돈, 찢긴 돈, 밟힌 돈이라는 수식어가 붙을 뿐이다. 이러한 수식어는 물리적 관점에서는 돈이라는 대상의 성질을 바꿀 수 없다. 우리가 누구에게 상처를 받는다 해도 나의 변하지 않는 가치를 기억해야 할 것이다.

2517 윤○○

초등 2학년 때 받았던 상처가 가시지 않았는지 이 시가 크게 와 닿았다. 비유가 참신하고 이해가 잘 되어서 더 공감을 한 것 같다. 과연 내 마음의 가치는 얼마일까? 내 마음도 상처는 받았지만 가치는 그대로였으면 좋겠다.

2816 임○○

가치가 남아 있다는 건 원래 그대로 있다는 것인데 마음으로 따지면 상처받아도 원래의 마음이 그대로 있다는 것이다. 이 부분이 이해가 안 된다. 차라리 돈을 구겼다 펴면 자국이 남아 있는 것처럼 사과를 받아도 마음에 자국이 남는다고 말하는 것이 낫다고 생각한다.

2425 홍○○

돈은 아무리 구겨져도 그 가치가 변하지 않는다. 그러나 마음이 구겨진 사람은 스스로 가치를 잃었다고 생각한다. 자존감이 낮은 친구들에게 이 시를 보여주고 싶다. 자신을 사랑하는 마음이 느껴진다.

2412 신○○

많은 사람들과 어울리며 마음이 절대 멀쩡할 수 없는 것이 현실이다. 그런 요즘 사회에서 많은 사람들이 이 시를 보았으면 좋겠다.

2415 이○○

모든 인간은 습성이 있다. 그 습성은 버릴 수 없다. 돈을 구겨도 그 가치는 변함이 없듯이, 사람이 아무리 성격을 숨겨도 습성은 변하지 않는다는 것이다. 이 시는 간단하면서도 묵직하다. 멋진 시다.

2420 장○○

구겨진 돈은 구겨지기 전과 같은 상태로 돌아오지 않는다. 그렇듯 구겨진 마음도 상처받기 전으로 돌아갈 수는 없다. 마음의 가치는 남아 있을지 몰라도 마음의 상처를 완벽하게 회복할 수는 없다. 사람들이 구겨진 돈을 싫어하듯 상처받은 마음도 다시 무리에 끼기 쉽지 않다.

어제와 다른 오늘

2학년 김연우

고맙습니다, 행복합니다, 죄송합니다, 화가 납니다.
우리는 하루에도 여러 가지 감정을 느끼며 살아간다.

여러 가지 감정이 있기에
같은 하루도 매일매일이 다르다.

2207 성○○

이 시는 나를 말하는 것 같다. 나도 맨날 감정이 바뀐다. 어떨 때는 슬프고, 어떨 때는 기쁘다. 하지만 맨날 같아도 이상하겠지?

2209 안○○

사람들은 보통 매일매일 같은 하루가 반복된다고 한다. 그런데 매일매일 다른 감정을 느끼는 하루인데 왜 같은 하루가 반복된다고 느낄까? 사실 우리의 하루는 틀로 찍어낸 듯이 같은 일이 반복되는 하루여서 느끼는 감정도 비슷해져 가는 것이 아닐까? 나도 매일매일 다른 감정이 느껴지면 좋겠다.

2105 노○○

이 시를 읽고 나를 되돌아보게 되었다. 공부만 신경 쓰고 나의 하루하루의 감정은 생각조차 안 하고 살아온 것이다. 오늘부터라도 나는 내 하루하루의 소중한 감정을 온전히 느끼며 살 것이다.

2518 이○○

인간이 로봇과 다른 점은 감정이 있다는 것이다. 인간은 매일 여러 감정을 느끼며 발전해 나간다. 그러므로 하루하루를 소중하게 보내자.

2503 김○○

다양한 감정이 있기에 매일이 새롭다. 그런 감정들 덕분에 좋은 일도 나쁜 일도 일어나고 평범했던 날들이 특별해지는 것이다.

우리 반

우리 반 애들은 항상 시끄럽고 얌전할 때가 없다.
누군가 비명을 지르는 것처럼 소리도 지른다.
우리 반은 늘 축제나 행사 날처럼 시끌벅적하다.

근데 말이야
사실 우리 반만 그런 것은 아니더라.

2219 장○○

1학기 첫주부터 싸움으로 시끄러웠던 우리 반의 모습과 비슷하다. 우리 반은 항상 축제인데 다른 반에 가 보면 다른 반도 축제 기간이더라.

2207 익명

마지막에 우리 반만 아니라는 게 많이 와 닿았다. 이 시는 지금 중학생 전체에 해당하는 것 같다. 오늘도 전국의 중학교는 시끄러운 축제 날이다.

2225 한○○

마지막 연에서 '우리 반' 분만 아니라 공간을 인간 사회로 확장시키고, 대부분의 사람들도 별반 다르지 않다고 말하고 있다. 서울에 사는 나, 부산에 사는 친구, 뉴욕에 사는 누군가 모두 같은 인간으로서 서로 화합하고 평화롭게 살아갔으면 좋겠다는 생각이 들었다.

2222 최○○

어딜 가든 시끄러운 건 똑같다. 그러니 모두 다 평등하게 반배정이 된 거고, 똑같은 환경이다.

2113 오○○

이 시는 1행부터 '아, 이거 진짜다'라는 게 와 닿았다. 처음에는 우리 반이 너무 산만하다고 생각했다. 그런데 다른 반에 들어갔을 때 나는 많은 것을 배웠다. 우리 반만 그런게 아니구나.

2506 김○○

선생님들의 교권이 낮아지면서 아이들을 제재할 수 있는 수단이 적어졌다. 교권이 올라가면 그러는 아이들도 적어질 것 같다.

2505 김○○

나는 항상 남들과 비교하며 산다. 하지만 결국 나랑 다른 사람은 별로 다른 것이 없었다.

2516 윤○○

반 부회장으로서 공감이 간다. 수업이 시작했는데 돌아다니고, 떠들고, 조용히 시켜도 또 떠들고. 그런데 복도 창문으로 보면 다른 반들이 우리 반보다 더 심하다. 이 시는 우리학교, 나아가 현재 우리나라 중학교의 현실을 잘 보여주고 있다.

2618 이○○

인간은 단순하다. 여러 사람이 그러면 그것을 따라하게 된다. 많은 사람이 시끄러우면 조용한 사람마저 시끄러워진다. 이 시는 인간의 본성을 잘 드러낸 것 같다.

안중근은 매국노, 이완용은 애국자

2학년 박준우

안중근의 후손들은
보내고 있네, 비참한 삶을

이완용의 후손들은
보내고 있네, 부귀한 삶을

이 아름다운 사회는
악인은 반드시 벌을 받는다고 하고
선인은 반드시 상을 받는다고 하지.

안중근이 생전 못 받은 벌을
이완용이 생전 다 못 누린 부귀를
그들 후손이 마땅히 받고 있는 것이구나.

2609 박○○

반어법을 이용해서 우리 사회의 문제점을 잘 지적하고 있다.

2705 김○○

사실은 안중근이 애국자, 이완용이 매국노이지만 안중근과 이완용의 후손들 상황만 보면 안중근이 매국노, 이완용이 애국자 같다는 의미라고 생각이 들어 마음이 쓸쓸해지는 것 같다. 특히 '이 아름다운 사회는'이라고 하면서 우리 사회를 돌려 까는 게 인상적이다.

2721 이○○

나라를 위해 애쓴 분들의 힘든 사연에서 분노를 느꼈다. 이렇게 잘못된 대우를 그분들이 하늘에서 어떻게 볼 것인지 궁금하다. 그분들께 부끄럽지 않고 싶다. 최소한 그분들이 나라를 잘 지켰다는 만족감을 갖게 하고 싶다. 그러기 위해 나는 나라를 소중히 여길 것이다.

2709 방○○

나라를 위해 희생하신 6.25 참전 용사분들이나 독립운동가의 후손 분들은 힘들게 살지만, 정작 나쁜 사람들은 잘 사는 게 요즘 사회의 현실이다. 우리라고 다를까? 오히려 착한 일을 하면 손해 보고 착한 일을 안 해도 이익을 보는 것이 우리의 아픈 현실이다.

매우 수학적인 시

2학년 홍지후

네가 대한민국에서 태어날 확률은?
네가 건강한 두 눈을 갖고 태어날 확률은?
네가 건강한 두 손을 갖고 태어날 확률은?
.
.
.

따라서 네가 너일 확률은 $1/\infty$에 가까우므로
이 확률은 수학적으로 불가능하므로

너는 특별하고 소중한 사람이다.

2103 김○○

이 시는 재미있으면서도 짜증난다. 내가 소중한 사람이라는 것을 확률로 표현한 점이 정말 신박하고 재미있지만, 이번 기말고사 대비로 확률 문제를 너무 많이 풀고 있어서 확률이라는 글자만 봐도 짜증나기 때문이다.

2101 김○○

이 시를 자살을 고민하는 사람들이 읽으면 도움이 되겠다고 생각했다. 공익광고로 활용해도 좋겠다. 하지만 한편으로 만약 이 시를 장애를 가지고 있는 분들이 읽으면 나는 장애를 가지고 있으니 소중하지 않다고 생각할 수도 있을 것이다. 그런 점을 생각하니 이 시를 읽으면서 조금 불편하다는 기분이 들었다.

2324 홍○○

나는 이 시가 수학과 문학을 섞었다는 점에서 마음에 든다. 이 시는 '너는 특별하고 소중한 사람'이라는 것을 정말 참신하게 표현한 것 같다.

2321 조○○

이 시는 우리가 얼마나 소중한지를 $1/\infty$로 표현해서 우리의 소중함을 일깨워준다.

강자(强者)

2학년 한재현

대다수의 인간은 필히 학교라는 사회에서 십수 년간 생활한다.

모든 사회가 그렇듯, 이 사회의 강자가 약자 위에 군림한다.

하지만 이러한 체계가 다른 사회의 보편적인 모습과 다른 점이 있다면

약자가 스스로 강자를 만들어 내었다는 것이다.

그리고 이러한 강자들은 약자를 괴롭히는 데에 주저하지 않는다.

힘이 없는 약자들은 이러한 상황을 그저 지켜볼 뿐,

감히 막지 못한다.

또한 인간의 본성에 따라 일부 약자들은 강자를 섬기기도 한다.

이런 상황 속에서 과연 누군가가 반기를 들 수 있을까?

아무것도 하지 못하더라도 그것이 잘못되었다고 할 수 있을까?

2107 문○○

약자가 아래에 있고 강자가 위에 있는 '피라미드' 구조는 내가 태어나기 이전, 어쩌면 인간이라는 생명이 창조되는 시점부터 존재했을지 모른다. 이러한 피라미드 구조의 특징은 강자는 약자를 억압하고 짓누르고 밟고 올라간다는 점이다. 그러기에 약자는 더욱 약자가 되고 강자는 더욱 강자가 된다. 이러한 구조에 불평을 품은 자는 많지만 대부분 사람들은 그것을 당연사 하곤 했다. 하지만 그들 중에서 누구도 들지 않았던 반기를 들고 지도하는 자가 있다. 사람들은 그를 '혁명가'라고 부른다. 우리의 생활에 '혁명가'가 나타나기를 우리 약자는 기다린다.

2716 이○○

이 시처럼 우리의 사회는 피라미드 구조다. 강자는 약자 위에 군림하고 약자는 살아나갈 방도를 선택한다. 나는 이 시에서 약자가 강자를 스스로 만들어냈다는 말이 가장 와 닿았다. 이 말은 약자가 노력하지 않아 스스로 약자가 되었다는 말 같다. 대부분 약자를 괴롭히는 강자를 비판하지만 노력하지 않는 약지를 비판한 점이 신선했다.

2709 방○○

지금 이 사회를 정확하게 나타낸 것 같다. 학교나 사회는 자연의 먹이사슬과 같다. 강자가 아무리 나쁜 짓을 해도 자신의 이익을 위해 강자 옆에 붙어서 생활하는 것이 인간의 본성이고, 지금 사회에선 누군가 반기를 들기가 어렵다는 점이 정말 안타깝다.

2706 김○○

강자는 힘을 더욱 과시하고 약자가 고개를 숙이는 것은 어쩌면 당연할지도 모른다. 그러나 약자 중에서 누구 하나만 목소리를 내기 시작하면 다른 사람도 용기를 얻을 수 있을 것이다. 그런 목소리를 낼 줄 아는 사람이 많아지면 좋겠다.

색종이

2학년 정민우

붉은색 종이처럼 화나고
파란색 종이처럼 슬프고
핑크색 종이처럼 사랑하고
보라색 종이처럼 소심하고
초록색 종이처럼 까칠해지고
노란색 종이처럼 기쁘고
하얀색 종이처럼 아무 기분도 느낌도 안 들고
이 모든 것이 감정이다.

2323 최○○

나는 친한 친구 앞에서는 하얀색이고 다른 얘들 앞에서는 보라색, 초록색 느낌이 난다. 너의 색종이 색은 뭐니?

2110 박○○

색종이의 색깔이 다양한 것처럼 우리의 감정도 굉장히 다양하다. 색종이의 색에 빗대어 감정을 표현한 점이 인상 깊다.

2107 문○○

누군가를 볼 때 나는 새로운 감정을 느낀다. 그 감정은 무슨 색일까? 이 시를 읽으면서 생각해 보았다. 모든 감정의 색을 알지는 못하지만 사랑하는 사람에게 느끼는 감정은 분명 아름다운 하늘빛이겠지.

2707 김○○

나는 요즘 하얀색과 초록색이 많이 반복되는 삶이다. 빨강과 파랑을 섞으면 보라가 된다. 화내고 슬퍼하는 일을 반복하면 사람이 소심하고 위축된다는 점에서 색감을 고려하여 잘 쓴 것 같다.

2309 김○○

'인사이드 아웃'이라는 영화에 나오는 캐릭터들이 이 시와 잘 맞을 것 같다. 색깔마다 각각 다른 감정이 있어서 재미있는 것 같고 반복되는 문장이 있어 읽기 쉬운 것 같다.

2314 배○○

나는 검은 색종이인 것 같다, 감정이 마구 뒤섞여 있는.

피아노 건반

피아노는 건반마다 소리가 다르다.
연주를 위해 어떤 건반도 없어서는 안 된다.
너도 마찬가지다. 남들과 다를 수도 있고
남들보다 부족할 수도 있다.
하지만 너도 없어서는 안 된다.

2124 최〇〇

이 시를 읽으면 정말 세상에 필요 없는 사람은 없고, 모두가 소중하고 가치있는 사람만 있는 것 같아서 마음이 뭉클해진다.

2120 이〇〇

피아노 건반마다 소리가 다르다는 것은 서로의 개성을 존중해야 한다는 것 같다. 한 가지음으로 화음을 만들 수 없듯이 우리 모두 없어서는 안 되는 존재이다.

2103 김〇〇

우리 반 친구들을 보고 전부 특징이 다르고 독특하다고 생각했고 지금도 그렇게 생각하고 있다.

2714 유〇〇

피아노 건반에서 제일 자은 건반이나 제일 높은 건반을 생각하면 평소에는 오히려 있어도 되고 없어도 되는 사람이 있다는 것이라고 생각된다.

2715 유〇〇

내가 부족하여도 괜찮다고 어딘가에는 내가 필요할 것이라고 위로해 주는 시.

2301 강〇〇

누나가 고3이라 요즘 가족들의 관심이 누나에게 쏠려있다. 가끔 서운함을 느껴 나는 없어져도 되겠지, 라는 생각을 했다. 하지만 이 시를 읽고 나의 소중함에 대해 다시 생각해 보았다.

2306 김〇〇

일반적으로 피아노의 가장 낮은 소리를 가진 건반은 '라' 건반이다. 피아노를 상당히 오랜 기간 연주해왔지만 이 '라' 건반은 거의 사용하지 않는다. 하지만 그 건반이 없다면 작곡가나 연주자에겐 어떨까? 이 시에서는 내가 그 '라' 건반처럼 생각이 들어서 마음이 따뜻해진다.

장터

2학년 강민규

엄마 손 꼭 잡고
장을 보러 간다.
매애앰 매애앰
매미 울음소리
왁자지껄
사람들의 말소리
퉁퉁퉁
엿장수의 북소리
콘서트장 같은 장터
엄마 손 놓칠라
손을 더 꽉 잡는
나.

2101 김○○

어릴 때 부모님과 마트에 갔다가 비슷한 경험을 한 것이 생각나서 공감이 갔다.

2124 최○○

마치 내 어릴 적 모습을 보는 것 같다. 옛날에는 어딜 가든 새롭고 무슨 소리를 들어도 신기했는데 지금에 나는 그렇지 않다.

2716 이○○

누구나 한 번쯤 부모님과 함께 장터에 가 본 경험이 있을 것이다. 장터는 여러 가지 소리로 북적거린다. 이런 상황에선 다들 자동으로 부모님 손을 잡을 것이다. 이 시는 이러한 경험을 시로 잘 표현한 것 같다.

2303 김○○

어릴 적에 엄마와 장을 보러갔다가 엄마 손을 놓치고 길을 잃어버렸을 때 한참을 울었다. 콘서트장만큼이나 사람들이 많은 장터에서 엄마 손을 놓치면 세상 다 잃는 것과 비슷한 심정이니 엄마 손을 더욱 꽉 잡는 모습을 이해할 것 같다.

엄마의 마음

2학년 박주현

엄마의 마음은 계절이다.

봄처럼 포근한

여름처럼 화를 내는

가을처럼 쌀쌀한

겨울처럼 차가운

엄마의 마음은 계절처럼 계속 바뀐다.

2105 노○○

엄마도 사람이기 때문에 마음, 말투, 행동 등이 계속 바뀐다. 엄마와 나의 마음이 잘 맞으면 봄 같고, 마음이 잘 맞지 않으면 여름, 가을, 겨울이 된다.

2714 유○○

여름에도 가을에도 겨울에도 봄처럼 포근한 우리 엄마. 항상 봄인 걸까? 아니면 포근하게 보이는 걸까? 내가 생각한 엄마의 마음과 시가 표현한 엄마의 마음이 다르지만 무슨 뜻인지는 이해할 수 있을 것 같다.

2715 유○○

우리 엄마의 마음과 아주 똑같다. 마음이 막 바뀐다, 짜증냈다가 기뻤다가 우울했다가. 엄마는 자기가 갱년기라 그래서 그런다고 한다. 나는 사계절 중에서 봄처럼 포근한 엄마를 좋아한다. 나에게 가장 미소를 많이 보여주실 때이다.

2301 강○○

평소 엄마의 마음은 봄이지만 가끔 내가 잘못을 하면 여름, 가을, 겨울로 바뀐다. 엄마의 마음이 항상 봄일 수 있게 착한 아들이 되어야겠다.

니 나이

2학년 이정민

나는 운동도 하고 싶고
나는 친구도 만나고 싶고
어른들은 그런다 니 나이 때는 다 그런 거야

나는 술도 먹어 보고 싶고
나는 담배도 펴 보고 싶고
어른들은 그런다 니 나이 때는 다 그런 거야.

2102 김○○

하고 싶은 게 많아 보입니다. 하지만 하고 싶은 것을 다 하고 살 수는 없습니다. 부모님 말씀을 잘 들으세요. 하고 싶은 거 다 하고 사는 친구들을 보니 정신이 나가 있는 것처럼 보입니다.

2718 이○○

어른들은 이미 그 나이를 겪었지만 더는 자신의 일이 아니기에 비슷하게 말한다. 나도 나이 들면 어른들처럼 말할 것이다.

2721 이○○

나도 하고 싶은 것이 많다. 원리 이 나이가 그럴 나이라고 어른들은 이해해 주신다. 하지만 나는 알고 있다, 하고 싶은 대로 다 하면 안 된다는 것을. 지금은 공부가 가장 중요하다. 하고 싶은 것은 다 성장한 이후에 해도 늦지 않다.

2710 송○○

이 시는 어른들이 조언해 주는 시 같다. 어린 우리가 생각하는 것들에 어른들이 니 나이 때는 다 그런 거야 하고 자신의 인생 교훈을 알려주는 것 같다.

축구

5살 때 엄마와 축구 학원에 가던 날
내 마음은 번개가 치고 장맛비가 내리는 것 같았다.
그러나 그 비는 금방 그치는 소나기였다.
축구는 정말 재미있어서
내 마음에는 금세 무지개가 폈다.

2115 이○○

나도 8살 때 축구를 배우러 다녔다. 그 때 내가 키가 엄청 작아서 키 큰 친구들이 무서웠다. 그것을 이 시에서는 '번개'와 '장맛비'로 표현한 것 같다. 그 이후 친구들과 친해지면서 축구 배우러 다니는 것이 즐거웠는데, 이 시에서는 그것을 '무지개'로 표현한 것 같아서 내 일처럼 공감이 됐다.

2702 김○○

나도 항상 어딘가 새로운 곳 내가 가 보지 못했던 곳을 가면 마음에 태풍이 오고 지진이 오듯이 엄청나게 떨린다.

2320 전○○

나도 축구를 안 좋아했는데 친구들과 좀 해보니 재미있어졌다. 운동이란 게 하기 전에는 싫은데 막상 하면 재밌고 개운하다.

2325 황○○

처음 축구하는 날 느꼈던 불안감, 긴장감, 내가 잘 할 수 있을지에 대한 의문 등과 해보고 나서 생기는 자신감, 즐거움, 행복 등의 감정을 날씨에 비유하여 잘 드러냈다. 이 시에는 모두 처음에는 불안하고 긴장되지만 해 보기 전엔 알 수 없다는 뜻이 담겨있다.

여름날 아이스크림처럼

친구와 싸웠다.
친구가 먼저 잘못했지만
친구의 사과에
무더운 여름에 먹는 아이스크림처럼
금방 나는 녹았다.
친구의 미안 한마디에.

2111 박○○

나도 친구와 싸운 적이 있다. 사과를 빨리하면 친구와의 관계가 빨리 회복된다.

2110 박○○

어렸을 때뿐만 아니라 지금도 친구들과 싸운다. 이 시처럼 둘 중 하나가 먼저 사과를 하면 금새 화가 풀어지고 분위기가 화기애애해진다.

2705 김○○

친구와 싸웠지만 미안 한 마디에 화가 풀리는 걸 보면 싸웠지만 마음속엔 그 친구와 잘 지내고 싶은 마음이 남아 있었던 것 같다.

2709 방○○

나는 이 시를 다른 느낌으로 읽었다. 내가 먼저 잘못하지 않아도 내가 먼저 마음이 녹아서 항상 먼저 사과하기 때문에. 내 친구가 내가 사과했을 때 마음이 아이스크림처럼 녹았으면 좋겠다.

2717 이○○

여름에 아이스크림을 먹으면 살살 녹는 거랑 친구의 미안 한 마디에 내 마음이 풀리는 이거랑 비유를 잘했다.

2312 박○○

중2는 이제 부모님의 영향력이 적어질 나이. 따라서 이때의 친구들과의 관계는 실로 엄청나다. 친구 땜에 울고, 친구 땜에 웃고 하는 중2의 마음을 잘 표현했다. 나도 전교 회장 선거를 하며 친구들의 존재를 지금 실감하고 있다.

사람의 마음

2학년 김형오

사람의 마음은 바다다.
겉으로 잔잔해 보일지 모르지만
깊은 곳에서는 무엇이
있을지 모르는 것이 바다니까.

2715 유○○

이 시는 짧지만 이해가 잘 된다. 사람들은 본심을 숨기고 산다. 자신의 진정한 마음을 보이면 주변 사람들과 멀어질까 두려워한다. 나도 진정한 마음은 숨기고 산다. 주변 사람들의 반응이 무서워서.

2711 엄○○

짧은 시이지만 사람의 마음은 겉으로 드러난 것으로만 확인할 수 없다는 사실을 보여준다.

2818 장○○

사람들의 마음은 첫만남으로 알 수 있는 것이 아니다. 처음 만났을 때 차가워 보일지라도 깊이 들어가면 다르다.

2810 신○○

사람의 마음은 언제 변할지 모른다. 잔잔하다가 거센 파도가 몰아칠 때도 있다. 또한 사람의 마음을 더 깊이 알면 어떤 마음이 있을지를 바다 깊은 곳에 비유한 것도 흥미롭게 다가왔다.

28○○ 익명

사람을 바다에 비유한 것이 너무 좋습니다. 알다시피 우리는 겉모습과 속모습이 너무나도 다릅니다. 바다도 그렇습니다. 겉은 푸르고 맑고 이쁩니다. 하지만 속에서는 물고기를 사냥 중인 상어들이 있겠지요. 결국 우리의 마음속도 같습니다. 겉으로는 괜찮은 척, 무심한 척해도 마음속에 들어가 보면 도움이 필요할 수도 있습니다.

동전

우리가 주머니 속에서
동전을 꺼내어 손바닥 위에 올려놓으면
앞면 또는 뒷면이 보일 뿐
다른 한쪽의 면은 보이지 않는다.

그 동전을 뒤집어
뒷면을 확인해야만
비로소 동전의 온전한 모습을 이해할 수 있다.

무언가의 모습을 제대로 알고 싶다면
동전을 뒤집어 보자.

2500 윤○○

인간의 내면에 다른 얼굴을 동전에 빗대어 표현한 것 같다. 남들에게 보여주고 싶지 않은 어두운 면들. 마지막 부분은 한 사람을 이해하려면 그 사람의 내면도 알아야 한다는 의미라고 생각한다. 또는 사람을 겉모습만 보고 평가하지 말라는 의미일 수도 있겠다. 우리가 보는 동전의 앞모습과 숨겨진 뒷모습은 다르니까.

2709 방○○

동전을 한쪽 면만 보고 판단할 수 없는 것처럼 다른 일들도 한쪽만 보고서 판단할 수 없는 것 같다. 다른 관점에서 보고 느끼고 듣고 할 수 있으니까 어떤 일에 대해서 확실히 알기 전까지는 자기 자신의 생각이 틀리지 않았을까 하고 생각해 보면 어떨까.

2714 유○○

이 시를 읽으니 나도 다른 사람을 봤을 때 그 사람의 한 면만 보고 그 사람의 전체를 보려 했다는 생각이 들어 부끄러워졌다. 사실 내가 알던 사람에게 그러한 부분이 있다는 사실이 당황스럽다.

2704 김○○

제목이 '동전'이라고 해서 내용이 좀 뻔할 것 같았다. 하지만 계속 읽다보니 생각이 바뀌었다. 겨우 중2가 썼다고 믿기 힘들 정도로 잘 썼다. '동전을 뒤집어 확인해야만 동전의 온전한 모습을 이해할 수 있다'라는 구절이 가장 와 닿았다. 무언가의 누군가의 한쪽만을 보지 말자. 제대로 이해하고 싶다면 모든 것을 봐라.

2822 최○○

외모 지상주의, 장애인에 대한 차별 등 사람의 겉모습만 보고 판단하는 사회를 풍자하는 것 같다. 속에 있는 알맹이가 어떤지, 그 사람의 재능은 무엇이 있는지 판단해야 한다.

인생

2학년 홍지후

인생은 끝없이 불규칙하게 펼쳐진 계단과 같다.

계단은 매우 불규칙해서
네가 제대로 가고 있는지,
네가 바른길로 가고 있는지,
전혀 알 수가 없다.
그렇기에 인생은 아름답다.

계단은 끝없이 펼쳐져 있어서
네가 뒤로 가고 있지는 않은지
네가 적당한 속도로 가고 있는지
전혀 알 수가 없다
그렇기에 인생은 아름답다.

2500 박○○

이 시를 읽고 매우 공감을 했다. 나의 행동과 생각들이 올바른 방향으로 나아가고 있는지 아닌지 매일 고민스러운데, 이 시는 그러한 것들을 전혀 알 수 없어서 인생은 아름다운 것이라고 말하는 점에서 놀랍다.

2819 전○○

나는 꿈이 있지만 이 꿈이 맞을까 하는 생각이 들 때가 있다. 과연 이렇게만 해서 그 꿈을 이룰 수 있을까를 계속 생각하게 된다. 이 시는 나이에 상관없이 인생에 대해 생각하는 모든 사람에게 추천한다.

2717 이○○

이 시에서 '계단은 매우 불규칙해서 네가 제대로 가고 있는지 네가 바른길로 가고 있는지 전혀 알 수가 없다'는 부분이 제일 공감이 간다. 나도 내 인생이 제대로 가고 있는지 모르겠다.

2820 정○○

나도 가끔 내가 잘하고 있는지 모를 때가 있다. 진짜 끝없는 계단을 걷는 것만 같다. 가끔은 너무 느린 것도 같은데 나만 그런 것이 아닌 것 같아 안심된다.

2805 김○○

이 시를 읽기 전에 나는 내 인생이 바른길로 가고 있는지, 내가 제대로 가고 있는지를 불안하게 생각했지만, 이 시의 '그렇기에 인생은 아름답다'라는 구절이 나의 부정적인 시선을 긍정적으로 바꾸고 내게 힘을 주었다.

알 수 없는 나의 길

2학년 문예준

지금은 알 수 없는
조금도 알 수 없는
나의 미래는
나의 갈 길은
아무것도 알 수 없기에
빛나는 것은 아닐까?
내가 만들어 갈
하나하나 정성을 들여
나의 길 나의 미래를
아름답게 만들어야겠다.

2720 이○○

내 미래는 나의 노력에 대한 보상이 아닐까

2721 이○○

언젠가 이런 말을 들은 적이 있다. '인생은 정해진 것이 아니라 개척하는 것이다' 이 시는 이러한 위대한 가치를 알기 쉽게 표현해서 독자를 감동시킨다.

2718 이○○

보통은 자신의 보이지 않는 미래를 한심하게만 생각하는데 이 시에서는 그 미래를 알 수 없는 밝은 미래라고 생각하는 점이 좋았다. 내가 만들어갈 미래가 아름다울 수 있도록 계획하고 정성을 들여야겠다.

2713 오○○

자신의 꿈을 아직 정하지 못하고 미래에 무엇이 될지 걱정하다가 자신이 무엇이 될지 모르니 어떠한 것도 가능하도록 노력하려는 느낌을 받았다. 모든 사람이 꿈이 있는 것이 아니고 아직 꿈이 없는 사람도 많으니 천천히 고민해도 되니 너무 걱정하지 말자.

20823 최○○

'아무것도 알 수 없기에 빛나는 것은 아닐까?'라는 구절에 크게 공감했다. 이 부분은 무한한 가능성을 의미하는 것 같다. 백지 상태에서는 무엇을 해도 빈 공간이 있기 때문에 계속해서 무언가를 할 수 있다. 이 시의 의미를 이해하지 못하는 사람들에게 내 리뷰가 도움이 되길 바란다.

길

2학년 박준영

좁고 어둡고 복잡한 길
나는 오늘도 길을 걷는다.

미래를 꿈꾸기도
과거를 추억하기도
겁나는 나는
오늘도 앞만 보고 걸어갈 뿐이다.

길이 어떻게 생겼는지
얼마나 걸어야 할지도 모른 채
오늘도 순순히 걸어갈 뿐이다.

이 길의 꼭대기에는 무엇이 있을까?
빛이 있을까?
어둠이 있을까?
꿈이 있을까?

앞서 올라가는 자들과
이미 꼭대기를 넘어선 자들과
길을 포기한 자들을 보며
나는 오늘도 길을 걷는다.

2818 이○○

이 시는 딱 우리의 일상인 것 같다. 목표 없이 어디론가 끌려가 학원으로 간다. 그냥 이것밖에 할 게 없으니 그냥 계속 앞으로 걸을 뿐이다. 어릴 때부터 공부하라고 계속 들어왔으니까.

2716 이○○

인생은 정말 앞이 보이지 않는 길과 같다. 또 모든 사람의 길은 제각각이다. 길이 험한 사람도 있고 평탄한 사람도 있다. 길을 앞서 가는 사람도 있고, 뒤처지는 사람도 있다. 나는 다른 사람의 위치에 신경을 쓰지 말고 내 길을 묵묵히 가야겠다.

2301 강○○

나도 이 글에 나오는 길을 걷고 있다는 생각이 들었다. 자신을 돌아볼 수 있는 시인 것 같고 우리 반 모두가 한 번씩은 읽고 생각해 보면 좋겠다.

2405 문○○

나도 매일 길을 걷는다. 미래를 위해서 앞서 간 친구를 추월합니다. 미래에 무엇이 있을지 몰라도 뒤처지기 싫어서 길을 걷는 나를 보여주는 것 같습니다. 앞으로도 나는 길을 걸을 텐데 이 시가 위로가 될 것 같습니다.

나무

2학년 이도열

나무는 가을에 추운 겨울을 대비하기 위해
잎을 떨구네
추운 겨울을 이겨 내고 따뜻한 봄으로 힘차게 나아가기 위해

우리는 나무와 같아
시험이라는 겨울을 이겨 내기 위해
취미라는 잎을 떨어뜨리네

중2에서 수능까지
막막한 겨울을 이겨 내면 나에게도
봄이 오겠지.

2520 임○○

무언가를 얻기 위해서는 무언가를 포기해야 한다. 우린 시험을 잘 보기 위해 시간을 투자하고 우리의 취미 생활을 포기한다. 하지만 괜찮다. 우리가 포기한 것에 대한 보상은 꼭 있을 것이다. 기말고사 화이팅!

2516 윤○○

막막해 보이는 대한민국 학생을 잘 표현한 것 같다. 미래에 대한 희망을 품고 열심히 꿈을 향해 달려가는 너를 응원해!

2517 윤○○

하.. 한숨이 절로 나오는 한없이 마음이 우울해지고 아파지는 시인 듯하다. 내 미래도 저렇겠지. 그래도 시험이라는 겨울을 지나면 대학 이후로는 봄이 오니까 그때까지 참고 버텨보자.

2422 차○○

중2에서 수능으로 가는 과정을 추운 겨울로 비유했네요. 그리고 자신은 추운 겨울을 버티는 굿센 나무에 비유했구요. 그 과정에서 많은 것을 포기하는 과정을 잎을 떨어뜨린다고 표현했네요. 고생 끝에 행복이 오듯 겨울을 이겨내면 봄이 온다는 내용.

2812 엄○○

수능이 끝나도 대학교, 군대, 취업 등 또 다른 준비를 하다 보면 겨울이 여러 번 지나고 봄이 오겠지?

눈

하늘에서 눈이 내린다.
눈은 나에게 닿자마자 내게서 사라져 버린다.

눈은 우리 인생과 같다.
짧아서 마치 다른 사람들이 기억조차 하지 못하는

눈처럼 살고 싶지 않아
운동도 열심히 하고 공부도 열심히 하지만

운동선수가 부상을 당하는 것은 눈처럼 한순간이다.
시험을 보다가 실수하는 것은 눈처럼 한순간이다.
하지만 나는 눈처럼 살지 않을 것이다.

2520 임○○

올라가기도 힘들지만 무너지는 건 한순간 같다. 꼭 가치있는 삶을 살고 싶다. 눈처럼 사라지긴 싫다.

2421 전○○

운동을 하다 다치는 것이 한순간이라는 것을 눈이 녹아내리는 것에 비유한 것이 인상적이다. 눈처럼 살지 않겠다는 각오가 감동적이다.

2405 문○○

열심히 공부하는데 한순간에 실수해서 시험을 틀린다. 우리의 인생은 눈과 같지만 눈처럼 살지 않겠다고 다짐하는 것이 멋있다.

28○○ 익명

사람들 중 대다수는 다른 사람들이 기억조차 하지 못하는 사람이 된다. 하지만 한 재능을 타고나서 탑을 찍는다는 것은 놀라운 일이고 사람들에게 잊혀지지 않을 수 있다.

2806 김○○

마지막에 '나는 눈처럼 살지 않을 것이다'라고 했는데 이것은 '인생을 이렇게는 살지 않을 것이다'는 의미일 것이다.

짝사랑

2학년 이재건

그녀를 처음 보았을 때는 쨍쨍한 여름이었다.

그녀는 참 예뻤다. 모든 것이

가을이 왔다. 연락을 주고받으며

뭐가 그리 좋아서 입꼬리 올리며 웃어 댔는지

겨울이 왔다. 철새들이 추운 겨울을 보내려 따뜻한 곳으로 날아가는 것처럼

무리에서 멀어진 작은 새처럼 그녀도 멀어져 가며 내 마음도 작아진다.

봄이 왔다. 꽃이 피고 곤충들도 사랑을 찾았는데 내 마음에는 싹조차 트지 않는다.

그녀와 나의 관계는 죽어 가는 꽃처럼 시들어 간다. 하지만

나는 기다린다. 그녀의 마음 한편에 있는 빈 공간에 들어갈 날만을.

2425 홍○○

사춘기 소년의 순수한 사랑을 사계절과 그녀와의 관계로 풀어서 잘 드러낸 것 같다.

2419 이○○

짝사랑을 하며 느끼는 감정들이, 아무런 이유 없이 그저 연락 하나에 입꼬리가 올라간다고 한 구절에서 생생하게 느껴진다. 하지만 그녀와의 관계는 싹조차 안 핀 아픈 짝사랑. 그녀와의 관계가 끝났음에도 언젠가를 생각하는 풋풋한 짝사랑.

2802 강○○

프로 짝사랑러로서 살아온지 2년째인 것 같은데 이 시를 보고 매우 공감이 됐다. 누군가를 좋아한다는 사실이 그 사람에게는 상처가 될 수 있어 쉽게 다가가지 못했다. 그래서 무작정 기다렸다. 언젠가 나는 그녀를 쟁취할 것이다.

2820 정○○

아마 누구나 한 번쯤은 짝사랑을 해 보았을 것이다. 나도 마찬가지다. 2년을 넘는 긴 시간 동안의 그 짝사랑이 끝났다. 너무나도 생생하다. 그때 기억이. 내가 느꼈던 감정들이. 위로해 주고 싶은 시이다.

2822 최○○

아주 영화를 찍어라~ 라고 하기에는 너무 멋진 시다. 일년 내내 여름인 사람도 있겠지만 사랑을 하는 사람들은 마음속에 사계절을 가지고 있는 것 같다. 봄과 대비해서 이별의 슬픔을 잘 나타내고 있다. 정말 참신한 시 같다.

시간

2학년 송현

중학교에 다닌다
초등학교 가던 게 엊그제 같은데

시간은 마치 꽃과 같아
꽃이 지고서야 봄이 온 것을 안 것처럼.

2208 송○○

일찍 자신이 하고 싶은 것을 찾아 성공하는 사람들이 있고, 남들보다 늦게 자신이 하고 싶은 것을 찾아 노력하는 사람들도 있을 것이다. 이 시에서는 결국 둘 다 꽃이 핀다, 라고 표현하고 있다. 우리의 인생 또한 남들보다 늦는다고 조급할 필요가 없고 자신이 맞닥뜨리는 일에 최선을 다해야 한다.

2223 최○○

꽃잎은 떨어지는 법. 남아 있는 나뭇가지는 엊그제 붙어 있던 꽃송이를 그리워한다.

2802 강○○

초등학교 6학년 때부터 코로나가 시작되었고 나의 마지막 학년도 빠르게 지나갔다. 비대면 수업으로 졸업식을 했고 허무함만이 남았었다. 그러다 보니 문득 내가 중학생이 됐다는 것을 실감하였고 어느덧 졸업에 가까워지고 있다. 이러한 시간의 흐름과 허무함을 꽃에 비유한 것이 인상 깊었다.

2606 김○○

시간은 계속 흐른다. 오늘 간 시간은 돌아올 수 없다. 그 소중한 시간을 나는 제대로 사용하지 못한 것 같다.

2613 오○○

요즘 '초등학교 다니던 적이 엊그제 같은데 내가 이제 중3이 되겠네.'라는 생각을 자주 하곤 했는데 정말 공감이 갔다.

바람

2학년 오승재

바람이 분다
강하게 불어오는 것 같으면서도 잔잔하게 불어온다
이쪽으로 불다가도 저쪽으로 분다

바람은 마치 사람의 인생과 같아
어디로 어떻게 무엇을 전혀
알 수가 없다.

2209 안○○

바람은 자유롭다. 강하게 약하게 이곳저곳을 돌아다니며 자유롭게 돌아다닌다. 사람의 인생도 바람같이 자유롭다는 것을 말하고 싶었던 것 같다.

2414 심○○

아직 내 삶이 어디로 튈지 모르듯 인간의 삶을 잘 표현한 것 같다. 삼성의 회장이 처음엔 설탕 장사로 시작했듯이 나중 일은 그 누구도 모르는 것이고 노력한다면 못해낼 것이 없다고 생각한다.

2618 이○○

인생을 예언하는 것은 불가능하다. 인생은 진짜 한 치 앞도 모른다. 그러나 인생을 예측 못 한다는 점이 인생에 대한 새로움을 준다.

2514 박○○

우리도 바람처럼 정해진 틀대로 살지 말고 자기의 마음이 부는 대로 살아보자.

톱니바퀴

2학년 익명

지금 내 삶은 톱니바퀴 같아

혼자서는 돌아갈 수 없는 톱니바퀴

학원·학교·사회라는 축에 의해 억지로 삐그덕거리며 돌아가다

이제 전자 기기라는 기어가 나타나 내 삶을 엉뚱한 방향으로 돌리고 있네.

2809 신○○

억지로 삐그덕거린다고 생각하지 말고 너가 사회로 나가기 위해서 삐그덕거린다고 생각을 하면 성공할 수 있을거야. 화이팅.

2823 최○○

이 시에서 학원·학교·사회라는 축에 의해 억지로 돌아간다 라고 하는데 나도 그런 것 같다. 하기 싫은 공부 억지로 하고 있다. 하지만 톱니바퀴는 축이 돌아가야 돌아간다. 나 혼자는 돌아갈 수 없다.

2716 이○○

혼자서는 돌아갈 수 없는 톱니바퀴에 자신의 삶을 비유한 것이 공감간다. 우리가 원하지 않아도 어쩔 수 없이 해야 하는 사회 구조를 잘 표현한 것 같다. 마지막 행은 전자기기가 내 삶을 망치고 있다는 의미인 것 같다.

2215 이○○

지금 내 삶은 노예와 같다고 느끼고 있는 것 같다. 비유는 다르지만 표현하려는 느낌은 같기 때문이다.

햄스터

나는 햄스터다
햄스터가 쳇바퀴를 돌리듯이 매일같이
같은 일상이 반복된다

햄스터도
한 번쯤은 생각해 보겠지
일상에서 벗어나 새로운 일들을 하고 싶다고.

2814 이○○

나도 한 번쯤 평일 날 학교에 가지 않고 나를 위한 하루를 보내고 싶다고 생각한다. 어서 빨리 어른이 되어서 똑같은 하루를 벗어나 자유롭고 싶다.

2810 신○○

매일이 반복되지만 한 번쯤은 좋은 날이 온다. 우리는 이 특별한 날을 경험하기 위해 반복되는 삶을 견딘다.

2619 이○○

매일 같은 일만 반복된다는 것은 내일도 무슨 일이 있을지 기대를 하지 못한다는 것이다. 다르게 생각해 보면 우리가 할 수 있고 주어진 일에 만족해야 한다고 생각한다.

2714 유○○

매일 쳇바퀴를 돌리기만 하던 햄스터가 쳇바퀴에서 벗어나면 뭘 할 수 있을까? 쳇바퀴 돌릴 때가 편했지, 라는 생각을 하면서 자신의 일상에서 벗어난 일을 후회만 할 것이다.

시험

2학년 이지환

여름에 왔다 사라지는 장마처럼
내 시험지에도 비가 온다.

장마는 잠깐 찾아왔다가
다시 사라진다.

장마가 끝난 후에는 해가 뜬다.
내 시험지에도 곧 해가 뜨겠지.

2208 송○○

시험을 망친 것을 시로 쓸 때 어둡게 쓸 수도 있는데 희망차게 써서 독자도 밝은 마음으로 희망을 가질 수 있다.

2216 이○○

내 시험지에도 비가 엄청 많이 왔더라.

2215 이○○

마치 내 시험지를 말하는 것 같아 읽다가 뜨끔했다. '곧 해가 뜨겠지'에서 내 가망 없는 시험지를 보고 고개가 저절로 돌아갔다. xx.

2202 김○○

장마는 자연현상으로 저절로 왔다가 저절로 가지만 시험지의 비는 그냥 가지 않는다. 노력하지 않으면 그대로일 뿐. 가만히 기다리는 시험지엔 해가 뜨지 않는다.

2709 방○○

매번 보는 시험, 전부 비가 내린다. 하지만 '이번 기말은 기대해 본다' 라는 마음을 먹고 있었는데, 이 시를 읽고 글쓴이가 내 마음을 읽은 줄 알고 놀랐다.

2715 유○○

이 시를 보자마자 머릿속에 상황이 떠오른다. 꼭 공부를 하고 있다가 너무 힘들어서 잠깐 쉬려고 핸드폰을 켜면 방에 들어오는 엄마. 아찔하다.

2714 유○○

장마가 끝나고 해가 뜰 거라는 막연한 희망보다는 장마를 끝내고 다시 해를 뜨게 하기 위한 노력이 더욱 중요하다.

2713 오○○

장마는 길게 오니 소나기로 바꾸면 더 희망을 줄 것 같다.

2514 박○○

책에서 주인공은 이런 말을 했다. "내일은 내일의 태양이 뜨는 법이니까." (아마 책 제목이 '바람과 함께 사라지다' 였던 것 같다.)

2105 노○○

난 이시가 공감도 100%다. 1학기 중간, 기말고사에서는 장마였지만 2학기 중간고사에서는 해가 떴다. 해가 그렇게 밝지도 않았는데 너무 기분이 좋았다.

최악을 상상하면

2학년 최대일

대부분의 사람은 항상 긍정적인 상상을 좋아한다
하지만 나는 가끔 최악의 상상을 할 필요성을 느낀다

약속 시간에 늦어 친구들이 차갑고 싸늘해져 버린,
수행평가 발표 시간에 열심히 외웠던 내용들이 갑자기 생각 안 나는,
좋아하는 여자애 앞에서 멋있는 척하다가 넘어져서 개쪽을 당하는
최악의 시나리오를 머릿속에 그려 본다
심장은 마구 뛰고
나는 긴장한다

사건이 닥치고
나는 최악의 상상을 하며
또 하나의 고비를 넘긴다.

2223 최○○

이 시에 대한 내 생각은 정반대이다. 사람들은 항상 최악의 경우를 상상하면 그 상황을 기피한다. 사람들은 긍정적으로 생각해야 한다.

2718 이○○

모든 일은 최악이 지나면 좋아진다. 이것을 다르게 표현한 것 같다.

2706 김○○

사람들은 누구나 최악을 상상하며 미래를 대비할 필요가 있다. 나 또한 최악의 상상을 하며 플랜 B를 계획하기도 한다.

2721 이○○

최악을 상상하면 두려운 것이 없어지는 것 같고 용기를 얻게 된다. 나만 최악을 상상하는 것이 아니라는 것에 놀랐다. 최악을 상상하면 마음이 편해지는 것 같다. 그러니 사람들이 두려울 때 최악을 상상하며 그 일을 잘 해결했으면 좋겠다.

2107 문○○

나의 머릿속에는 무수히 많은 최고의 상상들이 있다. 가끔 최악의 상상도 있지만 그런데 아무리 생각해도 이상한 것 같다. 분명히 최고의 상상은 이루어지지 않는데, 최악의 상상은 빗나가지 않는다.

색

2학년 김선우

어른이 되면
아는 색은 많아지는데

어른이 되면
보이는 색은 적어지나 보다.

2209 안〇〇

커가면서 아는 것도 많고 생각도 깊어지지만 그에 따라 가치관이 성립되고 선입견도 생긴다. 아는 것은 많아지지만 색안경을 끼고 세상을 바라보게 된다.

2201 강〇〇

맞아, 어른이 되면 아는 게 많아지지만 어린이의 순수함은 줄어든다.

2211 여〇〇

이 시는 상상력에 관한 것 같다. 나도 어릴 때는 호기심이 많고 창의력과 상상력이 뛰어났던 것 같은데 점점 성인이 되어갈수록 부족해지거나 사라지는 것 같다.

2709 방〇〇

어른이 되면 아는 게 너무 많아져서 새로운 시각이 생긴다. 사람의 경력, 돈 등을 보고 편견을 가진다. 알긴 알지만 자신이 믿거나 믿고 싶은 것만 보기에 보이는 색이 적어지는 것 같다.

2704 김〇〇

사람은 나이를 먹으며 배운다. 하지만 배우면 배울수록 본질을 잊어간다.

2110 박〇〇

어른이 되면 아는 것은 많아지는데 자신의 생각에 맞다고 생각하는 것만 보려고 한다.

시간

시간은 백지다
모든 사람은 태어날 때 이 백지를 받는다
우리는 매초마다 우리의 행동으로 이 백지를 칠한다
백지가 예쁘게 칠해져도
이상하게 칠해져도
모두 자신의 작품이다
백지를 어떻게 칠할 건지는 오롯이 자신의 몫이다.

2217 이〇〇

사람들은 자신의 백지를 채우기 바쁘다. 서로 다른 삶을 살고 있기에 그 색은 사람마다 다르다. 어떤 사람은 시간을 낭비하여 색을 채우지 못하기도 하고 어떤 사람은 많은 것에 도전하여 백지를 여러 색으로 채운다. 어떤 색이든 상관없이 완성된 종이의 색은 지금 우리가 보낸 삶만큼 아름다울 것이다.

2225 한〇〇

모든 사람들에게는 각자의 시간이 주어지고, 사람들은 그 시간을 모두 다르게 사용한다. 본인의 목표와 부와 행복을 위해 시간을 활용하는 사람이 있는 반면, 대다수의 사람들은 당장 지금의 즐거움과 쾌락과 실체도 없는 하찮은 무언가에 매료되어 시간을 허비한다. 이 시는 그런 사람들에게 본인의 행동을 돌아보라고 상기시켜주는 시이다. 물론 나에게도.

2222 최〇〇

시간을 백지로 비유하면서 우리가 삶을 살아가는데 의미없이 시간을 보낼지 알체게 시간을 보낼지 어떻게 할지는 우리에게 달렸다는 걸 알려주는 것 같다. 굳이 성공하지 못하더라도 나름대로 행복하게 산다면 그것도 또 다른 성공적인 작품이라고 볼 수 있다.

2223 최〇〇

그 누구도 하나의 색으로 백지를 채울 수는 없을 것 같다.

2706 김〇〇

지금 학생 신분은 스케치를 그리는 단계겠지? 조금 삐뚤 삐뚤 그려 논 나도 색을 잘 칠하면 그만이려나?

2715 유〇〇

'백지를 어떻게 칠할 건지는 오롯이 자신의 몫이다' 라는 부분은 자신의 행동에 책을 가지고 행동하라는 의미인 것 같다.

2721 이〇〇

그동안 나는 나의 시간을 나의 인생을 너무 대충 채웠다. 지금부터라도 잘 채우고 싶다. 미래의 나에게 부끄러움을 보여주는 것을 원치 않기 때문이다.

2121 정〇〇

'백지를 어떻게 칠할 건지는 오롯이 자신의 몫이다' 라고 하지만 내 생각은 다르다. 사람은 살면서 자신의 의지가 아닌 다른 사람의 의지나 다른 이유들로 인해 행동을 해야 하는 경우도 있다.

두산 베어스

2학년 팀 오브 미라클

인생은 두산 베어스와 같아
첫 시즌에 우승하고 13년 뒤에 우승했지
그리고 6년 뒤, 14년 뒤에 우승했어
그 후 7년 동안 최정상에 있었어
그러나 다시 9위로 떨어졌네

인생도 그럴 거야 좋은 날 뒤에
힘든 날이 있고 힘든 날 뒤엔 좋은 날이 있지.

2212 우○○

우리는 항상 정상에만 있을 수는 없고 칭찬을 못 받을 수도 있다.

2225 한○○

시에서 직접적으로 표현한 것처럼 실패가 있을지언정 노력하다 보면 언젠가 빛을 발할 때가 있을 것이라는 희망적인 메시지. 인생의 불확실성을 담고 있는 시이다.

2708 박○○

인생은 힘든 날도 있고 좋은 날도 있다. 하지만 힘든 날이 좋은 날보다 더 많은 것이 사실이다.

2512 박○○

힘든 일도 포기하지 말고 버티고 도전하면 좋은 일이 생길거야.

경주마

중고등학생은 경주마
옆을 볼 틈도 없는 경주마
잠깐 멈추면 뒤처져 따라잡을 수 없는
앞만 보고 달리는 경주마

어른이 되면 좀 쉬어도 되겠지.

2806 김○○

우리는 어른을 목표로 하고 달리기만 한다. 어른이 돼도 쉬는지는 의문이지만 그 길밖에 없다.

2802 강○○

나도 초등학생까진 아무 걱정 없이 매일 뛰어놀았는데 중학교 때부터 점점 노는 시간이 제한되고 있다. 조금만 쉬면 따라잡히겠다는 말이 무섭다.

2617 이○○

이 시의 마지막 연처럼 '어른이 되면 좀 쉬어도 되겠지' 라고 생각하지만 그 뒤에도 흔하고 평범하지만 이루기 힘든 목적이 또 있을 것 같다. 나는 이 시가 대한민국의 주입식 교육을 비판하는 것 같아서 통쾌했다.

2615 이○○

어른이 돼도 또 같은 싸움이 시작이 된다. 인간은 언제쯤 쉴 수 있을까?

2609 박○○

마치 생각없이 뚜렷하지 않은 목적을 향해 달려가는 사람들을 경주마에 비유한 것 같다. 요즘 사회를 풍자한 시 같다.

제목 없음

내용을 입력하세요.

2806 김○○

이게 시가 되네ㅋㅋㅋ 이 시를 보자마자 오류인 줄 알고 넘기려고 했다. 이 글은 현대미술처럼 보는 사람으로 하여금 상상력을 자극한다.

2810 박○○

내용을 입력하고 싶은데 생각이 안 난다.

2621 최○○

개인적으로 되게 맘에 드는 시다. 독자에게 역으로 빈 바탕의 여백을 주어 상상력과 흥미를 유발하고 독자가 하나의 시를 지을 수도 있으니 작자의 창의력이 돋보인다.

2613 오○○

지은이가 그냥 귀찮아서 아무렇게나 써 논 글처럼 느껴져서 그냥 골때리고 어이가 없다는 생각밖에 안 들었다.

2622 최○○

과연 이게 시일까 생각해 보게 된다. 신선하게 느껴졌지만 아직도 이게 진짜 시가 맞는지 무엇을 비유했는지 모르겠다.

2609 박○○

우리는 인생이라는 이력서에 제목과 내용을 채워야 한다.

2617 이○○

이 시를 처음 봤을 때 '어?, 이거 시 맞나?'라는 생각이 들었다. 그리고 곰곰이 생각해 봤다. '이거 내가 시를 써 보는 건가?'라고 생각했다. 하지만 또 생각해 봤다. '글쓴이가 슬퍼서 자신의 감정을 밖으로 내보내고 싶지만 못하는 것인가?'. 내용을 입력하세요,에서 '누군가가 나 자신을 채워줬으면' 이라는 생각이 들었다. 내용이 없는데도 많은 생각을 할 수 있다는 점이 흥미로웠다.

2603 김○○

내용을 입력하세요.